プロローグ

この世には二つの異なる次元が、合わせ鏡のように存在している。

一つは人間の住む”物質界《アッシャー》“。

一つは悪魔の棲《す》む”虚無界《ゲヘナ》“。

本来であれば、両者は互いに干渉し得ないはず。

しかし、悪魔はこちらの世界のあらゆる物質に憑依《ひょうい》することで、干渉し、脅《おびや》かしていた。

『祓魔師《エクソシスト》』とはそれらの悪魔を祓《はら》い、物質界《アッシャー》の平和を守る気高き騎士達の総称である。


刀剣で戦う『騎士《ナイト》』。

銃火器で戦う『竜騎士《ドラグーン》』。

悪魔を操って戦う『手騎士《テイマー》』。

聖書や経典を唱えて戦う『詠唱騎士《アリア》』。

医療を担う『医工騎士《ドクター》』。


そして、それら祓魔師《エクソシスト》の最高峰たる『聖騎士《パラディン》』。

歴代最強と謳《うた》われた聖騎士《パラディン》・藤本獅郎《ふじもとしろう》は、
魔神《サタン》の落胤《らくいん》である養い仔《ご》・奥村燐《おくむらりん》をその魔の手より守る為、壮絶な最期《さいご》を遂げる。

残された燐は、正十字騎士團《せいじゅうじきしだん》の名誉騎士《キャンサー》であり亡き獅郎の友人でもあるという
メフィスト・フェレス卿《きょう》に、ある選択を突きつけられる。

「大人しく我々に殺される」か。

「我々を殺して逃げる」か。

「自殺する」か。

燐はそのどれでもなく、祓魔師《エクソシスト》になり魔神《サタン》を倒すことを誓い、
メフィストが理事を務める正十字学園祓魔塾《ふつまじゅく》の訓練生《ペイジ》となる。

そして、そこには史上最年少で祓魔師《エクソシスト》となり、講師として教壇に立つ双子の弟・雪男《ゆきお》の姿があった。

対・悪魔薬学の天才と呼ばれ、常に冷静沈着に任務に当たる弟に、燐はライバル心を燃やす。


「ぜってー、お前を追いぬいてやるからな!!」

「冗談は頭の出来だけにしてくれ」


——これは、そんな悪魔を倒す悪魔のお話。

青の祓魔師《エクソシスト》

スパイ・ゲーム

加藤和恵
矢島綾

JUMP j BOOKS

メインキャスト

奥村燐《おくむらりん》

魔神《サタン》の息子として生まれるが、
数々の戦いの中、祓魔師《エクソシスト》になるこ
とを決意する。料理がとても得意。

奥村雪男《おくむらゆきお》

燐の弟。最年少で祓魔塾《ふつまじゅく》の講師を
つとめる天才少年。

志摩廉造《しまれんぞう》

竜士、子猫丸の幼なじみ。
虫が大嫌いで女の子が大好き。
とある任務を帯びていて……。

メフィスト・フェレス

正十字学園理事長にして祓魔塾の塾長でもある。
その正体は八候王《バール》の一人、時の王《サマエル》。

勝呂竜士 すぐろりゅうじ

燐の級友。明陀宗の跡取りである。
真面目な堅物。

三輪子猫丸 みわこねこまる

竜士、廉造と一緒に祓魔塾に入塾した。
明陀宗の中の名家『三輪家』の現当主。

杜山しえみ もりやましえみ

燐と出会ったことで、祓魔塾に入塾した少女。
手騎士(テイマー)としての素質を持つ。

神木出雲 かみきいずも

島根の神職出身の少女。
勝ち気で自信家な面が目立つ。

霧隠シュラ きりがくれシュラ

上一級祓魔師。祓魔塾の教員をつとめる女性。
お酒が大好き。

志摩金造 しまきんぞう

志摩家の四男。バンドを組んでいる。
喧嘩っぱやい。

志摩柔造 しまじゅうぞう

志摩家の次男。直情型の青年。
幼馴染みの宝生蝮と婚約した。

藤堂三郎太 とうどうさぶろうた

元祓魔塾講師。
代々祓魔師を輩出する名門・藤堂家の出だが、悪魔に落ちた。

青の祓魔師《エクソシスト》 スパイ・ゲーム

目次《もくじ》

スパイ・ゲーム

志摩《しま》廉造《れんぞう》はリアリストである。

女子に対してのみ発揮される異常なテンションの高さを抜きにすれば、ごく普通のノリの少年だ。異性がらみ以外で熱くなることはなく、面倒臭《めんどうくさ》がりの快楽主義者。極度のオプティミストでもなければ、徹底したペシミストでもない。何かに心酔し、忠誠や情熱、ましてや己《おのれ》の命を捧げるなど、考えすらせずに生きてきた十五歳。

そんな彼が周囲の抑止を受け入れず、選んだのは――密偵《スパイ》として生きる道だった。

✝

正十字学園《せいじゅうじがくえん》に入学してまだ日も浅い、ある晩春。

志摩《しま》が執務室ことヨハン・ファウスト邸《てい》の扉をくぐると、

「グーテンモルゲン☆　我が正十字学園へようこそ」

背もたれ付きの椅子《いす》にゆったりと腰かけたメフィスト・フェレスが、両手を広げてみせた。なんとも芝居がかった動作だが、この男がやると妙に様《さま》になる。

「学園にはもう慣れましたか？」

「そーですねえ。学校はキレイやし、可愛《かわい》い子も仰山《ぎょうさん》おるし、それなりに楽しくやってますわ」

志摩の答えに、それはけっこう、とメフィストが小さく嗤《わら》う。心底《しんそこ》、愉《たの》しそうでいて、すべてに倦《う》んでいるようなその笑顔に、志摩は意味もなく薄ら笑いを浮かべた。


ヨハン・ファウスト五世。またの名を、メフィスト・フェレス——。


もっとも、それらは数多《あまた》ある仮の名前の一つにすぎない。

その正体は、悪魔の王族八候王《バール》の一人にして虚無界《ゲヘナ》の第二権力者・時の王サマエル。一方では、名誉騎士《キャンサーマイスター》の称号を持ち、日本支部長として約二百年にもわたり正十字騎士團《きしだん》に貢

献し続けている。

どちらが本当の顔なのかわからない胡乱《うろん》な人物だ。

そして、周囲の人間はおろか、志摩自身すら気づいていなかったその素質を見抜き、直属の密偵《スパイ》として雇いたい、とスカウトしてきた張本人でもある。

「時に、志摩くん」

と、メフィストが含みのある声で質問する。「スパイにとって最も大事なことは何だと思いますか?」

すでに一通りのスパイ教育を受けている志摩は、

(今更?)

と半《なか》ば拍子抜《ひょうしぬ》けする思いで、自信満々に答えた。

「如何《いか》にして相手を謀《たばか》り、欺《あざむ》くかです」

しかし、対するメフィストは、

「それだと、六十点というところですかねぇ」

もの憂《う》げな顔で欠伸《あくび》を嚙《か》み殺《ころ》しながら、そう切り捨てた。

「大切なのは、そうすることで得られる情報です。情報が戦いにおいて著しく重要であることは、かの孫子《そんし》も述べている」

——彼を知り、己《おのれ》を知れば、百戦殆《あや》うからず。

あまりにも有名な兵法《へいほう》の一文だ。志摩も耳にしたことがある。

「その貴重な情報を得るために、相手を欺き、騙《だま》す。そのためには、時として肉親を、友を、自分自身すら捨て去る覚悟が必要です。即《すなわ》ち、何ものにも揺らがない強い心を得なければならない」

そこで一旦《いったん》、言葉を切ると、

「——というわけで、これから貴方《あなた》には訓練を兼ねた、三つのミッションを与えます。見事クリアできた暁《あかつき》には、ご褒美《ほうび》として、これを差し上げましょう」

メフィストが机の上にすっと厚めの雑誌を滑《すべ》らせた。

なにげなく目をやった志摩の顔色が、一瞬にして変わる。

「!? そ、それは……まさか」わなわなと震える唇《くちびる》から、うわずった声がもれる。「いや……そんな……アホな……」

その露骨なまでの動揺ぶりを悠然と眺《なが》めながら、メフィストが大仰《おおぎょう》に肯《うなず》く。

「そう、貴方の愛読書『エロ^{2}大王』のお蔵入り未公開アングルを集めたといわれる超レア雑誌です☆」

「発売と共に店頭から消えた、あの……？」

「ええ。一時間と待たずに品切れとなったうえ、過激すぎるという理由で、その後、出版中止となり、今やネットオークションで百万からのプレミアがついている幻《まぼろし》の雑誌——その無修正版です」

「!!　しかも……無修正……版やと？」

興奮のあまりその場に倒れかけた志摩が、なんとか踏《ふ》みとどまる。

ごくりと生唾《なまつば》を飲みこむと、かすかに声を落とした。下卑《げび》た笑顔で、ええんですか、と尋ねる。

「仮にも理事長ともあろうお人が、生徒のご褒美にそんなもんチラつかせるやなんて……倫理的に問題あるんとちゃいます？　仮にも教育者なんですし……」

「あ。私、悪魔ですから」

平然と答えるメフィストに、

「一生、ついていきます!!」

志摩がかつてないほど澄んだ眼差《まなざ》しで応じる。「今なら、紐《ひも》なしバンジージャンプでもできそうな気がします」

「それはただの自殺です。――では、交渉成立ということでよろしいですね？」

「もちろんです!!」

メフィストが両目を糸のように細める。その瞳の中に、一瞬、剣呑《けんのん》な色が浮かんで、すぐに消えた。

「では、手始めに、貴方の苦手《にがて》なものを教えてください」

「…………。女の子です」

本能で危険を察した志摩が、不自然な間《ま》の後で答える。「可愛い女の子が無茶苦茶《むちゃくちゃ》、苦手です」

「おや？」と、メフィストがわざとらしく小首を傾《かし》げる。

「さきほど、この学園は可愛い子が沢山《たくさん》いて楽しいと言っていませんでした？」

「……――いえ」

痛いところを突かれた志摩が、しかし悪びれずに答える。

「苦手やからこそ、逆に強く惹《ひ》かれるいうヤツです。思春期特有のアレですわ」

「ククク……まあいいでしょう」

思わせぶりに嗤ったメフィストが、ちょっと失礼、と言って、携帯電話を取り出す。し

ばらくの間誰かと話していたが、やがて上機嫌《きげん》で電話を切った。そしてくるりと志摩のほうに向き直ると、

「これから、貴方には奥村《おくむら》先生の任務に同行してもらいます。それが、最初のミッションです」

「え、奥村先生について行くんですか？」

「ハイ」

「どないな任務なんです？」

「てんで、ラクショーな任務ですよ☆　ラクショー」

「…………」

不思議なもので、あまり楽勝楽勝と言われると、逆に怪《あや》しく思えてくるのが人の世の常である。

が――。


「『エロ^{2}大王』未公開アングル集無修正版」

「もちろん、行きます!!」

ひとたび魔法の呪文を唱《とな》えられれば、志摩廉造《れんぞう》という名の欲望の権化《ごんげ》に、抗《あらが》う術《すべ》はなかった……。

✝

「志摩《しま》くん。こっちです」

「あー。奥村《おくむら》先生～」

指示された現場に着くと、祓魔塾《ふつまじゅく》講師の奥村雪男《ゆきお》が軽く片手を上げた。

すらりと背が高く、漆黒《しっこく》の團服《だんふく》が似合っている。メガネをかけた顔は地味だが整っており、なにより理知的だ。ものごしも穏《おだ》やかで、女生徒から絶大な人気を誇るのも肯《うなず》ける。

ただ、齢《よわい》十五歳にして、すでにくたびれた中間管理職のような雰囲気があるのも事実だ。

そのせいか、同性としての嫉妬《しっと》を覚えることは少ない。人生、何が幸いするかわからない……と言ったら、彼はムッとするだろうが。

「土曜も当然のように仕事やなんて、先生も大変ですねえ。最近では、社畜《しゃちく》言うらしいですよ？　先生みたいなタイプ」

志摩がへらへら近づいていくと、雪男がメガネの奥で眉間《みけん》にしわを寄せた。

「よりによって、あのフェレス卿《きょう》の銅像に落書きをするなんて、随分《ずいぶん》と子供じみた真似《まね》をしましたね」

「え……？　あ、アハハハ。その場のノリでちょっと……てか、奥村先生。俺らまだ子供ですよ？」

「なら、随分と命知らずな真似をしましたね」

雪男がため息を吐《つ》く。それから、ぶつぶつとつぶやいた。「それにしたって、候補生を実戦に寄越《よこ》すなんて――」

（なるほど。そういうふうに話がいっとるわけか……）

つまり、理事長の逆鱗《げきりん》に触れた哀《あわ》れな候補生が罰《ばつ》としてここに送りこまれた――ということになっているのだ。あの理事長の性格を知っている者にとっては、あながち不自然な話とも言えまい。

納得した志摩は、「アハハハ」と無意味に笑ってその場を誤魔化《ごまか》した。

下手《へた》なことを言って、不審に思われては困る。

「任務内容は洗浄作業です」

諦観《ていかん》の表情になった雪男が、淡々と任務の説明を始める。

対象となるのは、北正十字《せいじゅうじ》の外《はず》れにある廃工場だった。

使われなくなってからどれだけ経《た》つのかわからないが、目の前にそびえ立つ暗灰色《あんかいしょく》の巨大な工場は、埃《ほこり》とカビに、錆《さ》びた鉄臭《くさ》さが入り混じった独特の臭《にお》いも相まって、なんの手直しもせずに、即ホラー映画の舞台として使えそうだ。

「もともとは業界でも有数のお菓子会社の工場だったのですが、後継者の地位を巡《めぐ》って、肉親の間で陰湿な争いが繰り広げられ、ついには自殺者まで出たそうです」

その後は不幸続きで一気に業績が悪化。一年ほど前に会社は倒産したという。そのうえしばらく経《た》つと、捨ておかれた工場に夜な夜な幽霊が出るという噂《うわさ》が立つようになった。

「その自殺者の幽霊が出た……いうことですか？」

「いいえ。事前調査によれば、この廃工場に幽霊はいませんでした。ただ、おびただしい数の魍魎《コールタール》が発生していたので、それを幽霊と見間違えたのでしょう」

なんや、と志摩が拍子《ひょうし》抜けする。

魍魎《コールタール》といえば、悪魔族全体の中でも最下級の悪魔だ。一般人の目に見えないだけで、今もそこらじゅうにふわふわ漂《ただよ》っている。集合体にならない限り、厄介《やっかい》な相手ではない。

「そういったいわくもあって、今まで買い手がつきませんでしたが、ある娯楽系企業の社長が是非《ぜひ》とも居抜きで買い取りたいと言ってきたので、取り急ぎ、洗浄作業をすることになりました」

雪男はそう言うと、彼の足元においてある特大サイズのスポーツバッグから、聖水噴霧器《せいすいふんむき》と書かれた肩掛け式のスプレーポンプと、替えのタンクを幾《いく》つか取り出した。

「これで洗浄します」

「へえ〜。なんか、某《ぼう》幽霊退治の映画みたいで、カッコええやん♪」

志摩がスプレーを手に取り、カッコよく構える真似をする。「これで、魍魎《コールタール》を駆逐《くちく》すればいいんですね？」

だが、雪男はすげなく頭《かぶり》を振った。

「——いえ。魍魎《コールタール》のほうはなにせ、数が多い。魍魎王《コークス》がいるかどうかも、現段階ではわかっていないので、僕が担当します」

「え？　じゃあ……俺は何をしたらええんですか？」

「志摩くんには、虫豸《チューチ》を担当してもらいます」

「は？　何て？」

「虫豸《チューチ》です」

「…………チュ、チューチいうと……ま、まさか……」

志摩が顔面蒼白《そうはく》でガタガタと震えだす。雪男が気まずそうにすっと目を逸《そ》らした。

「数は少ないですが、ゴキブリに憑依《ひょうい》した虫豸《チューチ》もいるので、そちらを重点的にお願いします。志摩くんは確か、詠唱騎士《アリア》志望でしたよね？」

「!! 俺、お腹《なか》痛いんで、帰らせてもらいます!」

そう叫んだ志摩が脱兎《だっと》のごとく逃げだそうとするのを、雪男の手が阻《はば》んだ。

「なっ!? 放してっ!?」

「……すみません。それはできません」

「なんで!? 奥村先生一人でへっちゃらな仕事やろ!? 後生《ごしょう》やから、その手ぇ放して!!」

「僕もそうしてあげたいのはやまやまなんですが、君に虫豸《チューチ》を任《まか》せろというのは、フェレス卿《きょう》からの厳命なんです」

「!?」

「絶対に君を逃がすなとも言われています。もし、妙な仏心を起こして君を逃がした場合、給料を十分の一に減らすと脅《おど》されているので、残念ですが……」

「十分の一って、どこのブラック企業!? てか、給料カットぐらいで可愛《かわい》い生徒を売らんといてや!! そこは、断固脅しを跳《は》ね除《の》け生徒を守ってこそ、我らが奥村先生やろ!? な!? な!?」

「すみません。志摩くんが可愛い生徒かどうかは、僕の口からはとても……」苦しげな表情で雪男がつぶやく。「それに、僕にも生活がありますし」

前半はさりげなくヒドイうえに、後半はどこのくたびれたおっさんだよと言いたくなる台詞《せりふ》だ。

「自業自得だと思って諦《あきら》めてください」

「奥村先生の人でなし!! 恨《うら》む!! 一生恨み抜く!! 先生のファンの女の子たちに、奥村雪男の悪評、性癖あることないことしゃべったる!! しゃべりまくったる!!」

恐怖のあまり錯乱状態でわめく志摩に、

「――――」

カチッ、と何かのスイッチが入ったらしき雪男が、スプレーポンプを肩に下げ、抵抗する志摩を能面のような顔でズルズルと引きずっていく。

「いやあああああああああ!! すんません!!!!! うそうそうそ!!! 今のナシ!!!!! ナシ!!! 穏便《おんびん》に話し合いましょう!!!! 奥村先生!!!!」

「僕は人でなしらしいので」

「だから、嘘ですって!!! 嘘!!! お願い!!! やめて!!! 助けてえええええええ!!! 誰かあああ!!!!!! 坊《ぼん》っっ!!!! 子猫さーあああ

ん！！！」
　ぎゃああああああああああああああああああああああああああああああああああああ
あああああああああああああああああああああああ――――
　廃工場に悲痛な叫びが木霊《こだま》し、いつしか、ぶつりと途切《とぎ》れた。

「どうでした？　少しは虫に慣れましたか？」

「…………とりあえず、奥村《おくむら》先生だけは怒らせたらアカンいうことは……わかりました……」

　ぐったりと青ざめた志摩《しま》がメフィストにそう報告する。「ドSや……鬼や……外道《げどう》や」

　志摩が恐怖のあまり失神するたびに、

『志摩くん。いつまでも寝ていると、口内《こうない》に虫豸《チューチ》が侵入しますよ』

　耳元で冷ややかにささやくその姿は、まさに悪魔としか言いようがなかった。普段《ふだん》がなまじものごしの柔らかい好青年であるだけに、エグさが増したのかもしれない。

「皆《みんな》、あの爽やかイケメンフェイスに騙《だま》されとるんや…………ホンマは、鬼や……悪魔や！」

　メフィストは「おやおや」と肩をすくめてみせると、

「まあ、ミッション1《ワン》はクリアということでいいでしょう」

と懐《ふところ》の深いところを見せた。

「!!　ホンマですか!?」

　現金なもので、途端《とたん》に志摩が元気になる。メフィストが鷹揚《おうよう》に肯《うなず》く。

「次の訓練は、敵地《アウエー》にいち早く順応し、空気の如《ごと》く同化するスキルの向上を図《はか》ります。いずれ、貴方《あなた》にはイルミナティに潜《もぐ》ってもらいます。そのためには、最重要——必要不可欠なスキルといえるでしょう」

「順応、同化……？　なんや、小難《こむずか》しそうですね」

「百聞は一見にしかず。ついてきてください」

　メフィストが執務椅子《いす》から優雅に立ち上がる。

　その手には、いつの間にか古びた鍵が握られている。それを一番近くにある扉の鍵穴に差しこむと、

「さあ、どうぞ」

そう言って、扉の前の場所を志摩に譲った。

志摩がおっかなびっくり扉に手を伸ばす。アンティークふうな細工《さいく》のなされた取っ手はひんやりと冷たかった。

「この鍵、どこに繋《つな》がってはるんです？」

「さあ？　どこでしょう」

メフィストが笑顔でそう嘯《うそぶ》く。

恐る恐るドアを開けると、魔法の鍵で繋がった先は、かなり老朽化の進んだ玄関だった。その広さや造りから、個人宅のものではないとわかる。

これは——。

「奥村くんたちが暮らしとる、旧館の玄関やないですか」

「ピンポーンピンポーン☆　これは〝男子寮・旧館の鍵〟です」

メフィストが、ふざけた擬音で応じる。

「貴方はこれから食堂に行って、奥村くんと談笑するなりし、当然のような顔で奥村先生の分のご飯を失敬して、見咎《とが》められることなく出てきてください」

「は？」

「それが、ミッション2《ツー》です」

一瞬、ポカンとした志摩が、直後、

「無理!!」

と絶叫した。そして、はっと両手で自分の口を覆うと、奥にいるであろう兄弟に気づかれぬよう、今度は小声でうめいた。「絶対、無理!」

「大丈夫ですよ。奥村先生なら理不尽《りふじん》な残業を大量に頼んでありますから。しばらくは帰ってきません」

「理不尽て……そんなん、もっとヤバイやないですか!? 仕事で疲れて帰ってきて、他人が自分のメシを勝手にむしゃむしゃ食っとったら、どんな人間のできた人でも普通、怒りますよ!? それを、あの奥村先生にやて!? ムリムリムリムリ!!」

絶対殺されると、怯《おび》えきった志摩が必死に訴える。メフィストが浅く笑う。

「奥村先生は温厚《おんこう》な方ですから、きっと笑って許してくれますよ」

「いやいやいや……あの人、意外にキレやすいですから!! 第一、なにが悲しゅうて、そないぬらりひょんみたいな真似《まね》せなアカンのですか!? それ、もうスパイの訓練ちゃいますやん!! 無銭《むせん》飲食の技術ですやん!!」

「妖怪《ようかい》の属性なんて、よくご存じですねえ……ああ、そういえば貴方はお寺のご出身でしたね。なるほど」

　メフィストがどうでもいいことに感心する。

「おイヤですか？」

「イヤです」

　きっぱりと志摩が拒絶する。「どうしても？」「お断りします」

　そんな彼の耳元に、メフィストがそっと魔法の呪文《じゆもん》を唱《とな》える。

「『エロ大王2』未公開アングル集」

「!!」

「無修正版」

「……行きま――……ぐっ……く……ダメや自分……目の前の美味《うま》そうな餌《えさ》につられたら、アカン……」

　志摩の中で欲望と恐怖がせめぎ合う。「……い……ぐっ……アカンて……それは、アカン……」

「よっぽど奥村先生が怖いんですね」

　メフィストがわざとらしく嘆息《たんそく》する。

「やれやれ、しかたがない――」そう言うと、パチンと指を鳴らした。その手に、正十字《せいじゆうじ》学園新聞が現れる。「飴《あめ》で釣れないなら、私としても本意ではありませんが、明後日《みょうごにち》の月曜日、朝一番でこれをばら撒《ま》くとしましょう」

「!?」

大きく、号外《ごうがい》と書かれたその紙面に、奥村雪男の顔写真を見つけた瞬間、限りなく嫌《いや》な予感がした。

志摩の表情に気づいたメフィストがにっこりと微笑《ほほえ》む。とってつけたような猫撫《な》で声でささやく。

「奥村先生について事実無根のあんなことやこんなことを書き綴《つづ》った、ステキな内容の号外です。これを、このタイミングで学園中にばら撒いたら……どうなると思いますか?

ねえ、志摩くん?」

「!!」

志摩の顔が死人のように青ざめる。

——恨《うら》む!! 一生恨み抜く!! 先生のファンの女の子たちに、奥村雪男の悪評、性癖あることないことしゃべったる!! しゃべりまくったる!!

自分の発した言葉が耳元で蘇《よみがえ》り、頭の中をぐるぐるとまわる。十中八九、間違いなく、自分が犯人だと思われるだろう。

雪男の能面のような冷たい顔を思い出し、ガチガチと震える志摩に、メフィストがもう一度、同じことを尋ねる。

「どうしてもおイヤですか?」

「…………イ……イヤ、や……ないです」恐怖にうわずった声でつぶやき、志摩ががくりと肩を落とす。「喜んで……行かせてもらいます」

「大変、よくできました☆」

メフィストは満足そうに肯《うなず》くと、

「ふむ。これは赤だしのお味噌汁《みそしる》と、特製の醤油《しょうゆ》ダレにたっぷり浸《つ》かった鮪《まぐろ》の切り身とアボカドの匂《にお》いですかな?」

「…………」

「確か、奥村先生の好物はお刺身《さしみ》でしたねえ」

遠い目をし、そっとつぶやく。

悪魔のささやきに、志摩の顔色がまた一段と悪くなった。

「おばんどすえ〜。奥村《おくむら》くん、元気しとる？」

「おー、志摩《しま》。珍しいな。お前一人か？　勝呂《すぐろ》と子猫丸《こねこまる》は？　一緒《いっしょ》じゃねーの？」


食堂に入っていくと、厨房《ちゅうぼう》で料理に使った器具を洗っていた燐《りん》が、エプロンで手を拭《ぬぐ》いながらこちらに近づいてきた。

長机の一つに、二人分の夕飯が用意されている。

メフィストの推測通り、なめこのお味噌汁《みそしる》（赤だし）に鮪《まぐろ》とアボカドの漬《づ》け丼《どん》。それに、手作りらしき野菜の浅漬《あさづ》けが小鉢《こばち》に入っている。グラスには氷入りの麦茶が注《そそ》がれていた。デザートの器には、少々傷《いた》んだ桃とオレンジを食べやすく切り、シロップをかけたものが、見目うるわしく盛られている。

普段の燐の性格を知っている者ならば、誰もが驚かずにはいられないであろう、完璧《かんぺき》な食卓だった。

「いやぁ〜、美味《おい》しそうな匂《にお》いやね〜」

「だろ？　美味《うま》そうな刺身が半額で手に入ってさ。ただ、それだと量が少ねえから、味つけを濃い目にして、アボカドでかまさししたんだぜ」

うれしそうに燐が答える。

それに対して志摩が「奥村くん、かまさしやのうて、かさましやで。てか、かまさしって何？」と笑顔で突っこみつつ、内心、

（ヤバイで……ヤバイで、これは）

と冷や汗を垂らす。

量が少ないということは、余剰分がないということに他ならない。つまり、自分がこれを食べてしまったら、完全に『奥村先生』の分はなくなるのだ。

しかも、燐がなにげない口調で爆弾を落とす。

「今日、寝坊して雪男《おきお》に弁当作ってやるの忘れちゃってさ。最近忙しくて、メシ買いに行く時間もないみてーだし、アイツ、腹減ってんだろうなぁ～。アイツ、腹減ると機嫌《きげん》悪くなるからなぁ」

（なんで、今それを言うんや……奥村くん！　これ以上、罪悪感増やさんといて!!）

思わず、打ちひしがれそうになる。

――しかし、あの理事長のことだ。ここで逃げれば、本当に号外をばら撒《ま》くだろう。そ

うしたら、もっと恐ろしい目に遭《あ》うこと必至だ。

そして、あの幻《まぼろし》の雑誌は本当の幻となってしまう――。

(やるしか、あらへん)

悲痛な決意をした志摩が、ひきつった笑顔で雪男のほうと思《おぼ》しき席に座る。

「いや〜、ホンマに美味しそうやわ。彩《いろど》りも香りも最高やし、奥村くん、祓魔師《エクソシスト》だけやのうて料理人にもなれるんやない?」

「いやぁ〜。それほどでもねーけど」

さりげなく箸《はし》をつかむと、それまで照れまくっていた燐が、素早《すばや》く見咎《みとが》めた。

「オイ、志摩。お前、何やってんだよ? それ、雪男のだぞ?」

「いやー、美味しそうやなあ、と思って」

「食うんじゃねーぞ? 腹減ってんなら、カップ麺《めん》作ってやっから」

「いや、ホンマにすごいわ。こんなん作れるって知られたら、奥村くんモテモテやん?」

「!! マジ!?」

「マジマジ」

笑顔で相槌《あいづち》を打ちながら、そっと漬け丼に手を伸ばす。醤油と胡麻《ごま》の芳《こう》ばしい香りが漂ってくる。千切《ちぎ》った揉《も》み海苔《のり》と小葱《こねぎ》が散っているのが、目にも楽しい。

「でもなー、前にもそうやって雪男にのせられたけど、結局、モテたのは何もやってないアイツだけだしな……つーか、マジ、食うなよ？　アイツ、怒ると怖《こえ》ーから」

「まあまあ。そんなことより、奥村くんかて、その頃より、確実に料理の腕は上がっとるんやろ？」

「そりゃー、まあ、そうだけどよ」

「よう見たらなかなか男前やし、これほどのモンが作れるんや。今度こそ、ファンクラブとかできちゃうかもしれんで？」

「!!　ヤベェ、ついに俺の時代が!?　人生初のモテ期か!?」

ドキドキと期待に胸を膨《ふく》らませる燐の注意が逸《そ》れた隙《すき》に、志摩がごく自然に鮪の漬けとアボカドを口に運ぶ。続いてタレの染《し》みた飯《めし》をかっこみ、浅漬けをつまみつつ、当然のように赤だしの味噌汁を啜《すす》る。

店で出されるような味わいが、逆に怖い。

早く、一刻も早く食べ終え、ここを立ち去らなければ……。

「こんな美味い飯を作れるんやろ？　もっと、自信持ってや。奥村くん」

「志摩……お前って、けっこういいヤツだったんだな」

その〝けっこういいヤツ〟が、弟のメシを無断で食べているにもかかわらず、さんざ持ち上げられその気になった燐がジーンと両目を潤《うる》ませている。その隙に、志摩はデザートに取りかかった。燐があれこれと世話を焼く。

「スプーンもあんぞ？　そうだ。お茶のお代わりいるか？」

「あ、気にせんでええよ～。もう、終わるし」

「何が終わるんですか？　志摩くん」

「いや、せやから、ご飯が食べ終――」

背後からにこやかに尋ねられ、普通に答えかけた志摩が、ピキッと固まる。そのまま、石のように椅子の上で凍りついていると、頭の上から絶対零度よりもなお、冷たい声が降ってきた。


「どうして、君が僕の席で僕の夕ご飯を食べているのか――――納得する答えを、是非ともお聞かせ願えますか？」

「…………これには……海よりも深いわけが……あって、ですね……」

「どんなわけです？」

「それは……言えへんのですけど」

「…………」

「可愛《かわい》い生徒のお茶目《ちゃめ》なイタズラとして、許して…………くれませ、んよ、ネ――？」

志摩が青ざめた顔に半笑いを浮かべて振り向くと、そこには作りものじみた笑顔を浮かべた紛《まご》うことなき鬼が立っていた……。

✝

――翌朝、志摩《しま》が死人のような顔色で執務室に向かうと、メフィストがとってつけたような笑顔で、昨日《きのう》はお疲れさまでした、と労《ねぎら》いの言葉をかけてきた。

「それで？　首尾はいかがです？」

昨日の結果など、自分の報告を待つまでもなく知っているだろうに、ウキウキと尋ねてくる。

よっぽど、「どうせ、アンタ、なんもかんも知ってはるんでしょう」と言ってやりたいのを志摩はぐっと堪《こら》えた。

「……蛼石《バリヨン》を膝《ひざ》にのせたまきっちり二時間、廊下《ろうか》で正座させられました」

さらにその後、一時間近くも説教を食らったのだ。

「ちょうど、仕事の電話が入って……アレがなかったら、もっとかかったと思います」

「いやはや。奥村《おくむら》先生ほどの方でも、食べものの怨《うら》みは恐ろしいようですな」

メフィストがさも嘆《なげ》かわしげにため息を吐《つ》く。その実、しっかりと笑っている。

「――で？」と話を変えてきた。「奥村くんの漬《づ》け丼《どん》はいかがでした？」

「…………泣ける美味《うま》さでした」

「フフフ……まあ、いいでしょう。おお負けに負けて、ミッション2《ツー》はクリアということにしておきます」

「！　じゃあ――」

うなだれていた志摩が、ガバッと顔を上げる。震える声で尋ねた。「『エロ^{2}大王』未公開アングル集無修正版は…………」

「あと一つ、ミッションをクリアすれば差し上げますよ」

にっこりと微笑《ほほえ》むメフィストに、

「神か!!」

志摩が歓喜の涙を流す。

「悪魔です」

「一生、ついていきます！」

「またそれですか。それでは、最後のミッションですが――」

「奥村先生関係はナシでお願いします!!」

メフィストの言葉を遮《さえぎ》り、志摩が先手を打つ。

「……今、一生、ついてくるとか言いませんでした？」

「それとこれとは話が別ですんで」

「けっこういい性格してますねえ、貴方《あなた》も」

メフィストがククと笑う。そして「まあ、いいでしょう」と甘いお菓子でも食べた時のような声で告げた。

「次は、祓魔《ふつま》屋の娘さんに関係するミッションです」

「!?　杜山《もりやま》さんに!?」

その言葉で俄然《がぜん》やる気になった志摩が、メフィストの執務机に身を乗り出さんばかりになって、

「杜山さんのスリーサイズを調べてくるんですね!?」

「違います」

「お任《まか》せください!!　たとえ、行く手にどんな困難が待ち受けていようとも、このミッションだけはやり遂《と》げます!!　人類の夢のために!!」

「ものすごくカッコ悪いことを、さもカッコよさげに言いますね。――でも、違います」

呆《あき》れた様子《ようす》のメフィストが再度、否定する。

「今日の午前中に祓魔《ふつま》屋に来客があります。その人物は、頼んでおいた書物を受け取りがてら、祓魔屋の娘さんの勉強を見てさしあげ、お茶を一緒《いっしょ》にするはずですので、貴方はそこにズカズカと割りこんでいき、さも最初から三人だったかのように、自然に振舞《ふるま》ってください」

「えらい具体的ですけど……まさか、その人物って」

「ええ、奥村雪男《ゆきお》先生です」

「！　結局、奥村先生がらみやないですか!!」

志摩が鋭く突っこむ。

「しかも、それ、絶対、尋常やなく怨《うら》まれるパターンですから!!　シャレにならんて!!　ムリムリムリムリムリコワイコワイコワイコワイコワイ――」

「どこまで奥村先生が怖いんですか？」

「ともかく、ホンマ、ムリです……今度こそ、ホンマに殺される。ここは、穏便《おんびん》に杜山さんのスリーサイズにしたってください!!」

涙混じりに志摩が懇願《こんがん》する。メフィストはふうっと息を吐き出した。いかにも、やれや

れというふうに、

「しかたありませんね。では、奥村先生のスリーサイズでけっこうです」

「わけわからん!! どーして、そこにこだわるの!? 心底《しんそこ》どーでもいいうえに、また奥村先生関連やし!! そもそも、どうして、杜山さんや出雲《いずも》ちゃんやないんですか!? 朴《ぱく》ちゃんでもええし——そこは、女子でしょ!? 最後の最後に、ご褒美《ほうび》的ミッションで!!」

「だって、それじゃあ、面白《おもしろ》くないじゃないですか」

「面白いて、何!? 完全、遊び気分!?」

「では、女性を手玉にとる訓練を踏まえて、聖書・教典暗唱術の授業を担当してくださっているアンジェリーヌ先生を口説《くど》き落とすことにしますか。ご褒美的ミッションで☆」

「どんなご褒美っ!? なんのご褒美にもなっとらんですけど!? むしろ、拷問《ごうもん》!?」

「では、椿薫《つばきかおる》先生を口説き落とすことにしましょう」

「男やし!! 女やないし!! 顎《あご》、割れとるし!! さらに、ヒドくなっとるやないですか!! 血反吐《ちへど》吐きますよ!?」

ぎゃあぎゃあと騒ぐ志摩に、もう一度深くため息を吐いたメフィストが、「わかりました」と言う。

「——では、潜入＆変装の訓練を兼ねて女子寮に潜入してください。誰にも貴方だとバレることなく、寮内を散策できたら、ミッション完了とし、件《くだん》の雑誌を差し上げます」

✝

ようやくや。

ようやく、スパイのミッションらしゅうなった……。

しかも、ひそかに待ち望んでいた美味《おい》しいシチュエーション——。

夢にまで見た女子寮に、理事長公認で潜入できるんや……!!

これまでの苦労を帳消しにしてなお、あまりあるほどの感動と興奮を胸に、志摩《しま》がいそいそと寮の自室に戻る。

日曜の昼間だが、同室の子猫丸《こねこまる》や、なにかと出入りすることの多い勝呂《すぐろ》の姿は見えなかった。

「大丈夫や……子猫さんは、なんとかいう同好会の集まりに行っとるし、坊《ぼん》はこの時間やとジムで筋《きん》トレやな」

二人とも夕方まで寮には戻ってこないはずだ。安心して志摩が着替えを始める。

健全な男子高校生にとって永遠の憧《あこが》れである女子寮。

その楽園に潜入するためならば、女装など屁《へ》でもない。

しかも、この夢のようなミッションを終えた暁《あかつき》には、あの、超レア雑誌が手に入るのだ……。

「長かった――。ホンマ、辛《つら》い道のりやった」

でも、それも、もう終わりだ。

もはやあの本はこの手の中にあるも同然。

挙句《あげく》、休日で気を抜いている女子たちのなまめかしくも愛らしい姿をこの目で堪能《たんのう》できるのだ。

「もしかすると、風呂上がりのあられもない姿の出雲《いずも》ちゃんとか、パジャマ姿の朴《ぱく》ちゃんとか、見られるかもなぁ……♥」

スパイ万歳と胸の中で叫びつつ、メフィストから渡された変装道具一式を自分のベッドの上にばら撒《ま》く。

志摩の身長は百七十六センチ。特に痩《や》せ型《がた》というわけでもない。その時点で、かなり大柄な女子生徒になることは否《いな》めない。そのうえ生来のナンパな性格のお陰《かげ》で、女子の友人知人も多い。たとえ、黒髪ロングのカツラを被《かぶ》り、縁《ふち》の太いセルフレームのメガネをかけ、女子の制服に身を包んだとしても、見る人が見れば、彼の変装だとわかるはずだ。

——が、志摩はあえてそこから目を背《そむ》けた。

（バレるバレる思っとるとバレるんや!!　堂々といけば、意外とイケる!!　いや、イッたる!!　それが男っちゅーもんや!!）

と胸の中で熱く拳《こぶし》を握《にぎ》る。

（待っとってや、出雲ちゃん!!　待っとってや、女子寮の皆《みんな》!!）

嬉々《きき》としてブラウスに袖《そで》を通し、スカートを穿《は》こうとしていた——まさに、その時。

部屋の外で、

「せっかくの休日に、お手間をとらせてしまって、すみません。勝呂くん、三輪《みわ》くん」

「ええですよ。どうせ、そろそろ昼飯でも食べに行こう、思ってましたし」

「僕も、部長さんの都合で、今日の写経《しゃきょう》愛好会は夕方からいうことになったんで、気にせんといてください」

「それにしても、休日に草書体《そうしょたい》の勉強って、ホンマ、努力家やな」

「いえ。興味深い文献《ぶんけん》を手に入れたんですが、あいにく、かなり崩《くず》した草書体で書かれていまして読めないんです」

「あー……確かに、読み慣れてない人にはきついかもしれんで」

「そうですねえ」

「それで、祓魔《ふつま》屋さんに書体の読み方に関する書物を頼んでおいたのですが、今朝《けさ》、伺《うかが》ったら、急に見当たらなくなってしまったそうで……。弱っていたら、フェレス卿《きよう》が、お寺ご出身のお二人なら持っているんじゃないか、と」

「それやったら、僕の荷物に入ってると思います」

「もしかしたら、俺のほうにあるかもしれないんで、こっちになかったら、俺の部屋も探しますわ」

「ありがとうございます」


——そんな会話がなされていようとは夢にも知らず、腹をへこませ、スカートのホックをとめようとしていた志摩は、突然開《あ》いたドアを前にその場に凍りついた。

「あ……」

「…………」

ドアの外に立っていた三人も、一様《いちよう》に固まった。

ショックから立ち戻った子猫丸が、震える声でつぶやいた。

「志摩さん……アンタ、そないな趣味が……」

「え!? 子猫さん!! ちが——」

「お前……」

「坊まで!! だから、違いますって……!!」

「落ち着いてください。三輪くん、勝呂くん。これには、なにか事情があるはずです」

「!! 奥村《おくむら》先生……」

配慮ある言葉に、志摩が昨日《きのう》の恐怖も忘れ感動したのも束《つか》の間《ま》、

「それを着て、何をするつもりだったんですか?」

「は?」

「なにかよからぬことを企んでいたのではないですか?」

「はあ……!?」

氷のように冷ややかな目に射《い》すくめられ、ぞっとした志摩がぶんぶんともげそうなくらい頭を振る。

「違います!! 違いますって……俺はただ、女子寮に——」そこで、はっと自分の口元を

押える。だが、後の祭りだった。

「語るに落ちましたか」

雪男《ゆきお》がこの上もなく蔑《さげす》んだ眼差《まなざ》しを向けてくる。

その道端の汚物でも見るような目つきのまま、

「女子寮に潜入するために女装までするとは、計画的な犯罪ですね」

「志摩さん………アンタ、最低や」

「ち、違っ――くはないんですけど、ホンマ、違うから……!! 信じてください!! 子猫さんも、信じて!! その目、やめて!!」

「警察に電話して、早急に身柄を引きわたしましょう。三輪くん」

「はい……それが一番、志摩さんのためなんですよね」

「なに言うてんの!? 二人とも!! 冗談やろ? ネ?」

「……くっ……志摩さん、堪忍《かんにん》」

「ぎゃあああああ!! ホンマに電話かけようとしないで!! 誤解やから!! 誤解誤解!! 切って、ホンマ、切って!! 子猫さんっっ!!」

志摩が半泣きで懇願《こんがん》する。

その時、ボキボキという嫌《いや》な音が聞こえてきた。

恐る恐る視線を向けると、今まで黙っていた勝呂が、仁王像《におうぞう》のような顔で指の関節を鳴らしている。

「ぼ、坊……？」

「志摩……歯ァ、食いしばれや」

地獄の底から響くような声で、勝呂が告げる。「その歪《ゆが》みきった根性、叩《たた》き直したる」

恐怖のあまり、志摩が「ぴぇ」と妙な音をもらす。直後、顔の前で両腕を大きく左右に振り、

「死んじゃうから!!　根性直る前に、志摩さん、死んじゃうから!!」

「安心せえ。お前を殺して、俺も死ぬ」

「全然、安心できへんから!!　むしろ、重いわ!!」

今やガン泣きになった志摩が、必死で弁明《べんめい》する。

「ホンマ、誤解なんやて!!　坊!!　後生《ごしょう》やから、やめて!!　殴《なぐ》らんといて!!　だいたい俺がそない卑《ひ》劣《れつ》な真似をすると、本気で思ってはるんですか!?」

半《なか》ば悲鳴のような声で訴える志摩に、

「思っとる」

「思っとります」

「思います」

図《はか》らずも三者の声が合わさる。見事に即答だった。誰一人、弁護にまわろうとする者はいない。

「ヒドイわ、皆《みんな》!! あんまりや!!」

号泣《ごうきゅう》する志摩に、勝呂は聞く耳持たぬという様子《ようす》で、指を鳴らしながら近づいてくる。

「最後に言い残す言葉は、それでええんか?」

「ひいいいいいいいいいいいいいいいいいいいいいいいいいいいい……!!!」

悲鳴をあげた志摩が逃げようとし、慌《あわ》てたせいで足がもつれ、その場に尻餅《しりもち》をつく。

その時、ベッドから変装用のカツラとともに、何かがバサリと落ちた。

「…………え……?」その際《きわ》どいアングルの表紙に、志摩の頭が真《ま》っ白《しろ》になる。どうして
……なぜここにそれが……!?

(まさかフェレス卿《きょう》のしわざなんか……!?)

「『エロ大王²』未公開アングル集無修正版って書いてありますね」

雪男が恥ずかしいタイトルを淡々《たんたん》と読みあげる。

「志摩さん……アンタ、ホンマ、最低やで……」

もはや、これ以上ないというほど蔑《さげす》んだ顔になった子猫丸が、冷ややかにつぶやく。

「違うんや……!!　これは……その――」

志摩が激しくうろたえていると、伸びてきた腕が幻の雑誌を取り上げ、一気に引き裂いた。そのまま、ビリビリと破り捨てる。

「こないなもんばっかり読んどるから、破廉恥《はれんち》なことばっかり考えつくんや!　恥を知れ!!」

「ぎゃああ――」

続く志摩の悲痛な叫び声は、熊をも殺す友の怒りの鉄拳《てっけん》を浴びた故《ゆえ》か……。

はたまた悪魔に魂《たましい》を売るほどに欲した激レアエロ雑誌を無残《むざん》に破り捨てられた故か――。


本人が気絶してしまった今、真相は闇の中である。

✝

――その晩。

「兄上、随分《ずいぶん》とご機嫌《きげん》ですね」

執務室のソファーに寝転《ねころ》がりながら、パンダ飴《あめ》を舐《な》めていたアマイモンが、愉《たの》しげに携帯ゲームに興《きょう》じている兄に向かって言った。

ゲーム機から顔を上げずにメフィストが尋ねる。

「そう見えるか？」

「ハイ」

「我ながら、思わぬ拾《ひろ》いものをしたからだろう」

無論《むろん》、志摩廉造《しまれんぞう》のことである。

「兄上の出したミッションをなに一つクリアできていないのに？」

「あの馬鹿馬鹿《ばかばか》しい課題自体に意味などない」ただのお遊びだと、メフィストが喉《のど》の奥で笑う。「あれは、私直属の密偵足《た》る価値があるかどうか見るためのテストだ」

　そして、彼は見事それをパスした。

　アマイモンが憑依《ひょうい》体の首をぐぎっと傾《かし》げる。深い隈《くま》をその下に浮かべた両目が、なんの感情の色もなく兄の横顔を映《うつ》した。

「僕にはただのバカにしか見えませんが」

「愚《おろ》かな弟め」

　メフィストが弟の言葉を鼻で嗤《わら》う。

「圧倒的に欲深く、下劣《げれつ》な本能に忠実な、弱く浅ましい人間そのものであるのに、あの男からは何か、決定的に抜け落ちている」

　メフィストが画面から顔を上げる。その顔には、窓の外に広がる闇よりもなお、昏《くら》い笑《え》みが浮かんでいた。

「だからこそ、私を必要以上に恐れない。それでいて、過剰に媚《こ》び諂《へつら》うこともない。幼くして、夜魔徳《ヤマンタカ》ほどの悪魔を使役《しえき》していたというのも肯《うなず》ける。あの様子《ようす》なら、易々《やすやす》と洗脳されることもあるまい。持って生まれたそれか、後天的に身につけたそれかは不明だが、とんだ逸材《いつざい》だ」

　そうでなければ、とてもあの長兄《ちょうけい》の元でスパイなどできまい――。

　メフィストが、高揚とはほど遠い冷《さ》めた顔で告げる。

「私が欲しいのは、死を甘んじて受け入れ、偽《にせ》の情報を流して終わりの〝死間《しかん》〟じゃない。必要な情報を得続ける〝生間《せいかん》〟だからな」

スパイという響きにうっとりするような自己陶酔《とうすい》型の人間や、妄信《もうしん》が過ぎて己《おのれ》の命を軽く扱うような人間は必要ない。

「わかるか？　アマイモン」

「僕にはよくわかりませんが、兄上が喜んでいらっしゃってなによりです。では」

これ以上のやりとりが面倒《めんどう》になったのだろう、アマイモンはそう言うと、無表情に飴を舐め続けた。

メフィストはマイペースな弟を呆《あき》れたように見ると、再びゲームの画面へと視線を戻した。液晶の中では、ＲＰＧのキャラクターがより頑丈《がんじょう》に、より俊敏に、カスタマイズされている。

両目を細めたメフィストが、独《ひと》り言《ごと》のようにつぶやく。

「そろそろ、仕上げか」

さて、どう育つか――。

否《いな》、どう育て上げるか。

悪魔は笑う。

すべてをその手のひらの上で転がしながら……。

盤上《ばんじょう》で歪《いびつ》に大きく育っていく駒を眺《なが》め、どこまでも冷ややかに、悪魔が嗤《わら》った。

男たちの褌祭り

この領収書の山をどうするか——。

それが彼女・霧隠《きりがくれ》シュラの目下《もつか》の、そして最大の関心事であった。日頃の散財のせいで生活費はすでに底をつきかけている。下手《へた》をすれば、給料までの残り半月、ほぼ飲まず食わずで乗りきらねばならない。

ゆえに、理事長の独断で近日開催予定のイベントのことなど、頭の片隅《かたすみ》にもなかった。

が……。

「——ああ、シュラさん。任務報告書がまだ出ていないって、情報管理部の佐藤《さとう》さんが困ってましたよ」

「アァ？　面倒臭《めんどうくせ》えな」

祓魔塾《ふつまじゆく》の廊下で雪男《ゆきお》とすれ違った時も、領収書の日付をどうにか改竄《かいざん》できないものかと、試行錯誤《しこうさくご》しているところだった。

「こっちはいろいろと忙しーんだよ」

「なにを大事そうに眺《なが》めてたんですか？」

手元をのぞきこんできた雪男が「領収書？」と眉をひそめる。

「しかも、ほとんどが二か月前、古いものだと三か月も前のものじゃないですか」

「経理にまわすの、うっかり忘れちまったんだよ。オイ、雪男。お前でなんとかしとけ」

「無理ですよ」

そっけない返答にシュラがチッと舌打ちする。「たった二、三か月ぐらいで、ケチ臭《くさ》いこと言っててんじゃねーよ」

「あなたがだらしないせいでしょう？　だいたい、全部居酒屋とラーメン屋のじゃないですか。完全に私用の飲み食いですよね？　コレ」

痛いところを突かれ、シュラは、あー、と髪の毛を掻《か》き毟《むし》った。

「やべーな。今月マジピンチなんだよ!!」

「それはそれは、ご愁傷《しゆうしよう》さまです」恐ろしく棒読みに雪男が言う。「いっそ、ダメ元で経理部にまわしてみたらどうです？」

「そんなん、もうとっくにやってるって」

「で？」

「『支部長の許可があれば、いつでも清算《せいさん》します』だとよ……クソ」

「じゃあ、フェレス卿《きょう》に頼むんですね」

どこまでもつれないその返答に、シュラが露骨《ろこつ》に顔をしかめる。「お前、本当に可愛《かわい》くなくなってきたな」

「高校生にもなって可愛いわけがないでしょう?」

雪男は冷淡にそう言うと、

「――では、僕はこれで。執務室に用事がありますので」

と、その場を後にした。カツカツカツ、と革靴《かわぐつ》の底が硬質な音を立てる。

「なぁーにピリピリしてんだ? アイツは……」

今日に限らずこのところ常に機嫌《きげん》が悪い。しかも彼だけならば、仕事が忙しすぎるせいだ、ですむが、他の男性講師陣や男子塾生もなにやら浮かない顔でイライラしている姿がいやに目につく。

「集団ヒステリーかぁ?」

小首を傾《かし》げたシュラが、ふと廊下の中ほどの壁にある掲示板に目をやり、ほどなく「あー……」と納得する。「アレか」

第一回☆　正十字学園《せいじゅうじがくえん》祓魔塾　褌《ふんどし》祭り!!　開催決定♪
褌マラソン選手大大大大募集中!!（注意：男性講師及び男子塾生、強制参加☆）

上部を画鋲《がびょう》で留《と》められたポスターが、ひらひらと風に揺れる。シュラは幾分《いくぶん》の同情をもってそれを眺めた。

「――まあ、普通に嫌《いや》だよな。こんな寒空に褌一丁なんざ。アイツもお年頃だしさ」

イライラしたくなる気持ちもわかる。文句の一つも言いたいだろう。

だが、しょせんは他人事《ひとごと》だ。

「んなことより、コレだ。コレ」

すぐに我に返ると、彼女は再び、大量の領収書を前に頭を悩ませ始めた――。

✝

雪男《ゆきお》が重い足取りで祓魔塾《ふつまじゅく》の教室に戻ると、待ちわびていた面々が駆け寄ってきた。

「で？　どーだったんだ？　雪男。中止になったのか!?」

兄が代表して尋ねてくる。

無言で頭《かぶり》を振ると、彼らの顔が一様《いちよう》に曇った。雪男が疲れた口調で報告する。「――有志の先生方と抗議はしましたが、まるで聞く耳を持ってもらえませんでした」

「あのクソピエロ……」

燐《りん》がぎりっと奥歯を嚙《か》みしめる。

「この寒いのに、褌《ふんどし》一丁とかどんな嫌《いや》がらせだよ!?」

「そもそも、ここは神聖な学び舎《まなや》ぞ!? それを、こないわけのわからんイベント……」

ふざけとる、と勝呂《すぐろ》が教壇脇の告知ポスターを叩《たた》く。壁全体がガタガタと揺れた。

「やめなさいよ、このバカ力」

皆から離れた椅子《いす》に座っている出雲《いずも》が、鬱陶《うっとう》しげに鼻を鳴らす。「壁が壊れるでしょ?」

その冷ややかな口調に、勝呂のまなじりがさらに吊《つ》り上がった。

「随分《ずいぶん》と他人事《ひとごと》みたいやな。神木《かみき》」

「フン。みたいじゃなくて、実際、他人事なのよ。悪い?」

出雲がせせら笑う。それに対し、勝呂のこめかみがピキッと引《ひ》き攣《つ》った。ほお、と凄《すご》みのある声でつぶやく。

「お前も塾生やろ? 参加してみたらどうや?」

「なっ!? ア、アンタ、あたしに褌穿《は》けって言うの!? なに考えてんのよ!? このセクハラゴリラ!! イヤらしい!! 変態!!」

怒《いか》りで真《ま》っ赤《か》になった出雲が、両手で上半身を隠すような恰好《かっこう》で怒鳴《どな》る。

同じく憤怒《ふんぬ》のあまり真っ赤になった勝呂が、アホか、と怒鳴り返した。「そないなこと誰も言うてへんわ!! ここに『女性は法被《はっぴ》・短パン可』て書いてあるやろ!? なにが、セクハラゴリラや!? てか、誰が変態や!!! 訂正せえ!!」

「知らないわよ!! てか、うるさいから耳元で怒鳴らないでよ! この野蛮人!!」

「お前のほうこそ怒鳴ってるやないか!! このヒステリー女!!」

「なんですって!!」

「坊《ぼん》……神木さん……」子《こ》猫丸《ねこまる》が、また始まった、というような顔で仲裁《ちゅうさい》に入る。「もう、その辺にしたってください」

「三輪《みわ》くんの言う通りです。二人とも落ち着いてください」

雪男も遅ればせながら、止めに入る。

両者は「せやけど、神木《コイツ》が」「だって、勝呂《コイツ》が」と仲よく声を合わせると、互いに睨《にら》み合い、フン、とほぼ同時にそっぽを向いた。普段《ふだん》いがみ合ってばかりのくせに、こういうタイミングだけはぴったりだ。

「――第二」と、未《いま》だ怒りの収まらない様子《ようす》で勝呂がうめく。「祓魔師《エクソシスト》認定試験まで、も

うほとんど時間がないのに、こないなことしとる場合なんですか？　奥村《おくむら》先生」

「確かに……」

水を向けられ、雪男が眉間《みけん》に縦じわを寄せた顔で肯《うなず》いた。

今は真冬でこそないが、日に日に寒さが身に染みてきている。しかも、主催者はあの理事長――。

（ただ単に、褌姿で仲よくゴールを目指《めざ》させるわけは……ないな）

大事な試験を控えた教え子たちが、怪我《けが》でもしたら事だ。

雪男がぐいっとメガネの中央を押し上げる。

「勝呂くんの言う通りです。もう一度、僕からフェレス卿《きょう》にかけ合ってみます」

すると、今まで黙っていた志摩《しま》が「――ちょぉ、待ってください」と声をあげた。

「奥村先生。皆《みんな》も。俺の話、聞いてくれへん？」

両手を広げ、ゆっくりと皆を見まわす志摩の目は、いつになく澄んでいた。「最近、皆《みんな》、認定試験でピリピリしとるやないですか？　勉強勉強で、正直くさくさしとるいうか。それを、こういう一見バカげたイベントでほぐしてやろういう、フェレス卿なりの親心なんやないんでしょうか？」

「何の親や。スパイの親か」

勝呂が辛辣《しんらつ》な口調で突っこむ。

子猫丸や出雲も納得しかねるという顔だ。無論《むろん》、雪男も全面的に同じ思いである。

——だが、

「……そっかー。そうだったのか」

「!? 兄《にい》さん?」

単純な兄はコロリと騙《だま》されてしまったようだ。恐ろしいことに感動した態《てい》で、「なんだよ。メフィストの野郎もいいとこあんじゃねーか。見直したぜ」などとつぶやいている。

それは純粋なしえみも同じで、

「ちゃんと、皆《みんな》のこと考えてくれてたんだねえ。理事長さん」

と、感心したように肯《うなず》いていた。

「そうだ! 私、皆《みんな》が風邪《かぜ》ひかないように、温かいお汁粉《しるこ》作って持ってくるよ?」

「マジでか?」しえみの提案に、燐の顔がパアッと輝いた。「ヤベえ。なんか、一気に楽しくなってきたぞ!?」

張りきる燐の肩に、志摩が「そうやで、奥村くん」と、そっと手を置く。

「人生、楽しんだもん勝ちや。褌なんて、突き詰めれば水着みたいなもんやろ?」

「確かにそうだな。志摩、お前冴《さ》えてんじゃん!」

すっかりその気になった兄が、お汁粉お汁粉と、騒《さわ》いでいる。

しかし、兄ほど単純ではない雪男は、あの理事長に限って無償《むしょう》の善意があるとは思えなかった。

百パーセント、ただのきまぐれだ。おおかた日本全国祭り特集でも見たのだろう。もしくは大がかりな嫌がらせか。ただ単に、面白《おもしろ》そうだから、という理不尽《りふじん》な理由かもしれないと考え、自《みずか》らの想像のなかのメフィストに腹を立てる。

そもそも、志摩のこの異様な前向きさといおうか、聖人君主《せいじんくんしゅ》のような態度は何なのか？

いつもの彼ならば、この手の催《もよお》しは真っ先に億劫《おっくう》がるはずだ。積極的に参加しようとするはずがない。

（どういう風の吹きまわしだ……？）

雪男が疑念のこもった眼差《まなざ》しを志摩へ向ける。

勝呂、子猫丸、出雲の三人も同じ気持ちのようで、胡散臭《うさんくさ》げに志摩を見つめている。

だが、さすがはスパイと言うべきか、やたら爽《さわ》やかなその笑顔からは、なに一つ読み取れなかった……。

そして、祭り当日――。

✝

スタート地点である正十字《せいじゅうじ》神社の参道口は、褌《ふんどし》姿の男たちで溢《あふ》れ返《かえ》っていた。祓魔師《エクソシスト》及び候補生である彼らは、皆、一様にひきしまった体つきをしている。ただ、どの顔にも疲労と諦観《ていかん》の念が滲《にじ》み出ているため、祭りならではの荘厳《そうごん》さとはほど遠いものがあった。

「ふわぁ～……へ～、けっこう、参加者いるんだなぁ～……」

となりに立つ兄が、欠伸《あくび》を噛《か》み殺《ころ》しながらつぶやく。「観客は、なんか少ねえけど」

「塾の催《もよお》しに、さすがに一般客は入れられないからね」

なにより、降魔《こうま》剣《けん》を背負《せお》った兄が、悪魔の尻尾《しっぽ》を隠そうともしていない時点で、一般人は立ち入り禁止だろう。もし視《み》える人間がいたら大変なことになる。

「今いる人たちは、塾の関係者か、祓魔師《エクソシスト》だけだろうね」

そんな雪男《ゆきお》の言葉を後押しするように、足元から地響きのような音が聞こえてきた。

「お……オ、オオ……」

特殊な材質でできたリュックに押しこめられた礴石《バリヨン》が、うなり声と共に、その凶悪極《きわ》まりない顔をこちらに向けている。低級とはいえ、この石もれっきとした悪魔だ。

「これ背負って走れとか、どんな罰《ばつ》ゲームだよ？　しかも、俺のだけ異様《いよう》にでけーし」

燐《りん》がげんなりした顔でぼやく。確かに、兄のリュックはどう贔屓目《ひいきめ》に見ても、他の人間の三倍はあった。

そのうえ、早朝ということもあるのだろうが、異常に寒い。少しでも気を抜くと、歯の根が合わなくなりそうだ。

「なんでも、今日は真冬並の寒さらしいですよ？」

両手をこすり合わせ、はぁー、と息を吹きかけていた子猫丸《こねこまる》が教えてくれる。

「マジかよ!?　なんで、今日に限ってそんな寒《さみ》いんだよ？　褌の呪い!?　つーか、勝呂《すぐろ》、オメー、平然としてっけど寒くねーの？」

「気合や」むっつりと勝呂が答える。「寒い寒い言うとると、余計《よけい》寒くなるやろ？　その逆で、平気や思うとったら、案外平気になるもんなんや」

如何《いか》にも彼らしいストイックな答えに、燐と子猫丸が「おお……!!」と感嘆《かんたん》する。

「坊《ぼん》やったら、このレース優勝できるんやないですか？」

「おお。そしたら、優勝賞品の——なんだ？　三日……支部長権だっけ——は、お前のもんだな」

「よ、三日支部長」と景気のいいかけ声をかける燐に、

「やめや」

と勝呂が眉《まゆ》をひそめる。「だいたい、なんやねん。三日支部長て」

「さぁ？　三日坊主みたいなやつじゃねえの？」

小首を傾《かし》げた燐が、適当なことを言う。

「三日、しか合ってへんやないか。だいたい、それのどこが賞品やねん」と、勝呂が呆《あき》れる。「——それより、宝《たから》の姿が見えへんけど、アイツ、どないしたんや」

「え？　宝先輩いねえの？」

「ホンマ……いてはりませんねえ」

「ああ、宝くんなら——」

キョロキョロする彼らを見て、雪男が片眉を上げる。「今朝早く欠席の連絡があったそうです。腹痛とのことですが、真偽のほどは不明です」

「はあ!?」

勝呂が両目を見開く。直後、真面目《まじめ》な彼はこみ上げる怒りにわなないた。「……そない

ええ加減《かげん》なことが、許されるんですか？」

「勝呂くん……」

気持ちはわかるが、ここは堪《こら》えてくれというより他ない。

宝ねむはフェレス卿《きょう》直属の手駒《てごま》だ。迂闊《うかつ》に深入りはできない。

（――……フェレス卿の手駒と言えば）

雪男が両目を細める。

「そういえば、志摩《しま》くんは？　一緒《いっしょ》じゃないんですか？」

「あー、アイツなら」

勝呂が眉間《みけん》にしわを寄せたまま顎《あご》をしゃくってみせる。その先に志摩廉造《れんぞう》の姿があった。

皆から少しばかり離れたところで、一人佇《たたず》んでいる。ピンと伸びた身体《からだ》は寒さなど微塵《みじん》も感じていないようだ。真《ま》っ直《す》ぐに前を見つめる両目は澄みきっていて、一点の穢《けが》れもないように見える。その姿は雄々《おお》しさを通り越し、神々《こうごう》しくすらあった。

（誰だ……アレは……）

雪男がメガネの下で眉《まゆ》をひそめていると、勝呂が声を低くして尋ねてきた。

「奥村先生もアイツ、おかしいと思いますか？」

「ええ――」雪男も心持ち声を落として、肯《うなず》く。「まるで、別人のようだと思います」

仮に、彼が擬態霊《シェイプシフター》の化けた志摩廉造だったとしても、驚かない。

「実は、俺もアイツが狸《たぬき》か狐《きつね》の化けた志摩なんやないかと、思っとります」

ヒソヒソと話していると、キィーンと不快な音が聞こえてきた。

いつの間にか、司会役と思《おぼ》しき女性事務員がスタート地点の脇の仮設舞台に立っている。

ほどなく、マイクの調整が終わると、

「それでは、皆さん、大変長らくお待たせいたしました。只今《ただいま》より、祓魔塾《ふつまじゆく》塾長メフィスト・フェレス卿より開会のご挨拶《あいさつ》を頂きます。フェレス卿、お願いいたします」

いささか大仰《おおぎよう》な動作で宙に片手をかざした。そこに、「――ボン☆」という音と共にメフィストが現れる。

「グーテンモルゲン☆　皆さん、ご機《き》嫌如何《げんいかが》ですか？」

陽気に微笑《ほほえ》む彼は、『祭り』と描《か》かれた着物に分厚《ぶあつ》い褞袍《どてら》を着こみ、耳にはふわふわのイヤーマフ、首にはピンクのマフラーをぐるぐるに巻きつけている。他人を寒空の下、褌一丁にしておきながら、自分だけは防寒対策バッチリだ。

選手一同の胸の内で盛大な舌打ちがもれるのを、雪男はひしひしと肌で感じていた。

そんな冷え冷えとした空気の中、メフィストはさも愉《たの》しそうに続けた。

「ルールは簡単、受付で配られた囀石《バリヨン》を落とさず参道を駆け抜け、最初に正十字神社の鈴《すず》緒《お》を鳴らした者の優勝です。あ、途中、他の選手を妨害するのはアリアリです☆　どうぞ、お互いに醜《みにく》く足を引っ張り合って私を愉しませ——もとい、正々堂々力の限り戦い、見事勝利をつかみ取られた方に、この襷《たすき》と共に『三日支部長権』をさし上げます」

そう言って、『正十字騎士團《きしだん》日本支部支部長』と書かれた襷をピンと指で弾《はじ》いた。

「アイツ、今、醜く足を引っ張り合えって言ったぞ」と燐。

「それが本音やな」勝呂が顔をしかめる。「まあ、ホンマに戦う人はいないやろ。ルール上、妨害も可、言うだけや」

確かに、皆、理事長のきまぐれにつき合わされ、心底《しんそこ》迷惑している。三日支部長などという胡散臭《うさんくさ》い賞品に踊らされるようなバカはいないだろう。

だが……何かが、頭の隅《すみ》に引っかかっている気がした。雪男が片目を眇《すが》める。

本当に、そんなバカがいないのだろうか——？

「では、皆さん。準備はいいですか？　よーい、スタート☆」

メフィストのかけ声と共に、宙に浮かんだ無数のピストルが一斉に発砲音を鳴らす。

だが……誰一人として走りだす者はいなかった。

褌姿の男たちは、誰もがため息混じりにリュックを背負い、だらだらと歩き始めた。

それに対し、数少ない観客たちから戸惑《とまど》いと失望の声がもれる。無理もない。彼らが見にきたのはマラソンだ。こんなだらけきった行進では、決してない。

　前を行く選手の足が不意に止まる。不審に思った雪男が前方をのぞき見ると、参道いっぱいに広がった競泳用プールが行く手を阻《はば》んでいた。

（!?）

　しかもただのプールではなく、巨大な氷が浮いている。見ているだけで、鳥肌が立ちそうだ。

「……なんだ、これ?」「ここに、こんなプールなんてあったか?」「あるわけねーだろ!? 神社の参道だぞ?」「しかも、なんで氷が……」

　騒然《そうぜん》とする一同の頭上で、愉しげな声が告げる。

「第一ポイント、氷のプール～☆」

「!?」

　皆がぎょっとして顔を上げると、肘《ひじ》かけ椅子《いす》に腰かけたメフィストが、ふよふよと宙に浮いていた。

　縕袍《どてら》姿にアンティーク調の椅子がこれでもかというほど似合わない。

「必ずしも泳がなければならないというわけではありませんが、必ず水の中を行ってください。迂《う》回《かい》及び飛び越えは禁止ですので。それから、氷の上を行くのもナシの方向で。見

ていて大変つまりませんので」

　どこまでも人を喰った口調でそう言うと、

「ホラホラ。後がつっかえているんですから、どんどん入ってください」

　両手を大儀《たいぎ》そうに叩《たた》いた。選手たちにはっぱをかけたつもりなのだろうが、誰も動こうとしない。この寒さだ。迂闊に入れば、心臓麻痺《まひ》を起こしかねない。

　屈強《くっきょう》な講師陣すら二の足を踏む中、すっと前に出た人物があった。勝呂がぎょっとする。

「なっ!? お前……」

「――ほな、皆さん。お先ぃ～」

　爽やかに言い、志摩廉造が氷水の中へ入っていく。さすがに寒さに身を強張《こわば》らせてはいるが、堂々としたその姿はひどく男らしかった。普段《ふだん》の彼からは想像もつかない。

　付き合いの長い勝呂は絶句し、子猫丸などは、「嘘《うそ》や……志摩さん」と悪夢を見たような表情で震えている。

　ただ一人、純粋にその潔さに胸打たれたらしき燐は、

「すげーじゃん、志摩!! よし!! 俺らも続くぞ!!」

　そう声高《こわだか》に叫ぶや否《いな》や、勢いよく極寒《ごっかん》のプールに飛びこんだ。そして、

「さぶぅっっ!!!!!!!!!!!!!!??????」

と、絶叫した。「寒い!!! てか、痛《いて》え!? これ、なんか、水痛っ!! なんだ、これ!? 痛い!!!!!!!!!」

「………兄《にい》さん」

何故《なぜ》、飛びこむ必要があったのだ。雪男はため息を吐《つ》きつつ、あの兄すら震え上がらせる氷水の中を平然と歩いていく志摩の背中を見つめた。

そして、目を瞠《みは》る。

志摩のリュックの奥に、分解されたと思《おぼ》しき錫杖《キリク》の尖端《せんたん》が見えた。あんなところに、武器をひそませていたのだ——。

(まさか、アレで他の選手を妨害するつもりなのか?)

雪男がメガネの奥の両目を細める————その時、空中から悠然《ゆうぜん》とこちらを眺《なが》めているメフィストの姿が目に入った。

褞袍《どてら》の上からかけられた、『正十字騎士團日本支部支部長』というふざけた襷《たすき》に、はっとなる。

「ッ!! 勝呂くん、三輪《みわ》くん! 『三日支部長』です!!」

「は?」

「え? なんて? 奥村先生」

「志摩くんが狙《ねら》っているのは、三日支部長の権利です。おそらくは、その権限を最大限悪用して――」

「「!!」」

皆まで言わずとも瞬時に理解した二人の顔が凍りつく。

あの志摩が文句の一つも言わず、身も凍るような氷水に自《みずか》ら浸《つ》かっているのだ。その見返りとして欲するのは、女子関係――それもエロ関係しかあり得まい。

「!! アイツ!!」

「志摩さん……アンタって人は……」

「とにかく、僕らも行きましょう」

雪男が苦《にが》い顔で二人を促《うなが》す。

意を決した三人が地獄のようなプールに足を踏み入れる。

(っ……く、っ……!!!)

想像を絶する冷たさが襲ってきた。

これは確かに、あの兄でも悲鳴をあげたくなる代物《しろもの》だ。雪男は懸命《けんめい》に奥歯を噛みしめ、己《おのれ》を律した。二人に比《くら》べて体の厚みの薄い子猫丸が、震え上がる。

「しゃ、しゃ、むい……」

「たんでんや。こねこ。はんでんにひからをいれるんや」

「皆はん……がんばってくだひゃい」

「あと、すこひや！」

寒さのあまり舌のまわらなくなった口を動かし、懸命に励まし合いながら水中を進む。

なんとか水の外に出た時には、まさにほうほうの態《てい》だった。

浮力が消えた途端《とたん》、囀石《バリヨン》がずしりと重みを増す。

さらに、冷たい風が容赦《ようしゃ》なく吹きつけてきた。

「うひゃぁあああ！！！！！」

堪《たま》らず、子猫丸が悲鳴をあげる。雪男は下腹部に力を入れ、なんとか悲鳴を堪《こら》えた。

となりに立つ勝呂が、先を行く友の背中に「志摩ァア!!!」と叫んだ。

「ちょぉ、待てや」

「？　おー！　お前らも来たのか」

志摩よりも早く、燐が振り向く。寒さに耳まで赤くなってはいるが、ダメージは少なそうだ。その数歩先で、志摩がゆっくりと振り向く。こちらはダメージなどまるで感じさせない。憎たらしいほど平然とした顔だった。

「お前、支部長権限を使って、何を企んどるんや？」

「…………」

「？　何の話だ？」

一人事情を知らぬ燐がきょとんとする。なあ、志摩、と目の前にいる志摩に尋ねた。

「企むって何のことだよ？」

志摩はそしらぬ顔で「何の話やろうね～？　志摩さん、ようわからんわ～」と空《そら》とぼけている。

その白々しい態度に、勝呂の怒りが爆発した。

「素直に白状せえ!!　どうせ、お前のことや、『女子生徒のスカートを十センチ短くする』とか、しょうもないこと考えてんねやろ!?」

すると、一変してキリッとした顔つきになった志摩が、「アホなこと言わんといてください」と、否定した。

その澄んだ眼差《まなざ》しに勝呂が思わずたじろぐ。――だが、

「十センチやなんて生ぬるいこと言わんと、ここは、五十センチぐらい短くせなアカンやろ!!　なに考えてんねん!!」

「お前がなに考えとんじゃ！！！！　ボケェ！！！！！！！！」

勝呂が瞬時にツッコミを入れる。雪男は無言で勝呂に拍手を送った。子猫丸は汚物《おぶつ》を見るような眼差しを友へ向け、燐は現状がよくわかっていないようだ。

志摩がフッと笑う。いつになく、人の悪い笑い方だった。「そんなこと言うてええんですか？　坊」

「なんやと？」

「そっちがその気なら、俺が支部長になった暁《あかつき》には、男子塾生&男子講師全員、パンツ一丁になってもらいますよ？」

「「「「なっ……!?」」」」

これには、燐も含めた四人がぎょっとなる。

「なんだよ!?　なにが悲しくて、パンイチにならなきゃなんねーんだよ!?」

「それだけやないで、奥村くん。俺よりモテるイケメンくんやリア充くんには、鼻メガネをかけてもらう予定や」そこで、志摩の目が思わせぶりに勝呂を捉《とら》える。「硬派気取ってるくせに、実は女の子からモテモテのスケコマシ坊主《ぼうず》とか」

「いやに具体的やないか……」勝呂のこめかみがピクピクと動く。「誰のことや、それ」

「いかにも『僕は女の人には興味ありません』とかいう澄ました態度が、逆に女の子を群らがらせとる、ムッツリスケベ教師とか」

「それはもしかして、僕のことですか？」雪男が底冷えのする声で尋ねる。「まさかと思いますけど」

「『僕もよう参加せんわ。誘えるような女の子おらへんし』とか言うときながら、ちゃっかり美人の部長さんとフェスに参加しとる嘘つき坊主とか」

「それ、まだ根に持ってたん？　志摩さん」

子猫丸が呆《あき》れ顔でつぶやく。しかし、すぐにその両目を見開くと、悲鳴のような声をあげた。

「——し、志摩さん!?　何を……」

「!?」

ゾクリとするほどの殺気を覚えた雪男も、反射的に志摩を見やる。すると、いつの間に仕込んだのか、彼の右手に錫杖《キリク》が握られていた。目尻が下がり気味の両目が冷たく嗤《わら》う。

「オン　ショチソ　キャロラハ　ウンケン　ソワカ」

「っ!!　いけない!!　皆さん、避《よ》けてください!!」

雪男が叫ぶのとほぼ同時に、志摩が錫杖《キリク》を宙で鋭く払った。「——夜魔徳《ヤマンタカ》くん、力を貸してや!」

「!! っ……!!」

放たれた巨大な黒い炎を、雪男、燐、勝呂、子猫丸の四人が懸命《けんめい》に避ける。

そこに、運悪く青息吐息《あおいきといき》でプールから這《は》い上がってきた他の選手が、

「うおっ!?」「わっ!? わっ!?」「ひぃ!!」

いきなり明王《みようおう》級の黒い炎を向けられ、哀《あわ》れ、極寒のプールへと再び落ちていく。

直後、あまりの冷たさに、この世のものとは思えない叫びがもれた。

「いや〜、すんません。でも、妨害OKいうルールなもんで。あんま恨《うら》まんといてください。ネ?」

テへと舌を出して、志摩が無邪気《むじやき》に笑う。罪悪感はゼロだ。

そんな友の舐《な》めきった態度に、勝呂がわなわなと震える。

「………志摩、お前……そこまで堕《お》ちたか」

「フッ。女の子のスカートを膝《ひざ》上五十センチにするためなら、この志摩廉造、地獄の底まで堕《お》ちてみせますわ」

威風堂々《いふうどうどう》そう言うと、志摩がくるっと踵《きびす》を返しダッシュした。「ほんじゃ、お先に〜」

「待てや、ゴラァァァァァァァァァァァァァ!!!!!!!」

もはや、本物の仁王《におう》と化した勝呂が、凄《すさ》まじい速さで友に追いつき、その頭部を拳《こぶし》で殴《なぐ》りつける。――が、夜魔徳《ヤマンタカ》によって身体能力が向上した志摩は難なくそれを避けた。軽やかに宙で身をよじり、逆に勝呂の背負っている囀石《バリヨン》に錫杖《キリク》の尖端を打ちこむ。

「な……っ――」

「堪忍《かんにん》え。坊」

囀石《バリヨン》が粉々に砕け散る。

直後、周囲にピーッと笛の音が響きわたった。

「ハイ。勝呂竜士《りゅうじ》くん、失格」

「!?」

メフィストが上空から明るく言う。「お疲れ様でした」

「はあ!?　なんでですか……!?」勝呂が思わず理事長に噛みつく。「俺は、まだ――」

「おや、勝呂くんともあろう人が、覚えてないんですか？　囀石《バリヨン》を落としたら、即失格ですよ」

「!!　っ……ぐっ…………クソ!!」

勝呂が唇《くちびる》を噛みしめ、両手を参道に叩きつける。雪男を見ると深くうなだれた。

「………そういうわけです。ホンマ、すんません」

それから、残りの二人を見やり「後は、頼んだで」とうめくように言う。「あのバカ、止めたってくれ」

「坊……」

「おう、任《まか》せとけ！」

子猫丸は神妙な顔で肯き、燐は胸をドンと叩いて請《う》け合《あ》った。

「行きましょう、三輪くん。兄さん、走って！」

雪男が両者を急《せ》き立て、走りだす。

だが、すぐにも長机に阻《はば》まれた。見れば、となりの机の前で志摩も足止めされている。

机の上には、バスケットボールほどの巨大なかき氷が幾《いく》つも置かれていた。

「第二ポイントは、ドカ盛かき氷です☆」とメフィストが満面の笑顔で告げる。「一人、一個完食しない限り先へは進めません。最初に選んだ品を変えるのもNG。それから、ここでは食べている最中の妨害も禁止です。普通に食事のマナーに反しますから」

今更《いまさら》、お前に食事のマナー云々《うんぬん》言われたくない。

心底《しんそこ》うんざりする雪男の横で、兄が、

「まあ、いいじゃんか。これ食えばいいんだろ？」

と言い、あまつさえむしゃむしゃと食べ始めた。十秒後、「冷てえええええええーっ！！！！！！！！」と叫んだ。

「うげー……頭がキンキンする。っぅー!!」

「…………兄さん」

雪男がひそかに舌打ちする。そんな食べ方をすれば、当然の結果だ。

（これは、胃に負荷をかけないよう気を配りつつも、ある程度の速度を維持して食べる必要があるな……なんにせよ、我に返ったら終わりだ。自分を騙《だま》し続けなければ――）

緻密《ちみつ》な計算を巡《めぐ》らせた雪男が、氷の塊《かたまり》を一口、口へと運ぶ。

「――っ!!」

口に入れた途端《とたん》、歯が軋《きし》むほどの冷たさが、もはや、痛みとなって脳天を突き抜けていった。覚悟はしていたが、想像以上にキツイ。

そんな代物を、志摩はすでに残り四分の一まで食べ進めている。恐るべき色欲《しきよく》だ。

「坊に後を頼まれたんや……」今までかき氷の前で固まっていた子猫丸が、突如《とつじょ》決意に燃えた目でつぶやいた。「志摩さんは僕が追います！」

南無三《なむさん》、と叫んで、巨大な山のようなかき氷を一気に流しこむ。

「三輪くん!?」

「子猫丸、スゲー!! カッケェー！！！！」

目を瞠《みは》る雪男の横で、兄が両目をキラキラと輝かせる。

最後の一口をごくりと飲みこんだ子猫丸が、やり遂《と》げた笑《え》みをこちらへ向けようとした
——その刹那《せつな》、

「おぎゃあああああああああああああああああああああ——————っっっっ！！！！！！！！！！」

凄まじい悲鳴と共に白目を剝《む》いてその場に昏倒《こんとう》した。

「!? 三輪くん!!」「こ、子猫丸っ!?」

仰天《ぎょうてん》した雪男と燐が、慌《あわ》てて子猫丸を抱き起こす。子猫丸の顔色は、もはや、死人のそれだった。頭上からメフィストの無情な声が響く。

「ハーイ。三輪子猫丸くん、失格」

「なんだ!? どーしたんだよ!? なんで、かき氷食って失神すんだ!?」

狼狽《ろうばい》する燐に「これは失礼」とメフィストがまったく悪いと思っていない声で告げた。

「三個に一個の割合で、いちごシロップじゃなくて、特製ソースがかかっているので、気

をつけるよう注意するのを、うっかり忘れてしまいました。テヘ☆」

　ウィンクをしながら、自分の頭をコツンと叩いて見せるおっさんに、燐が両の眉《まゆ》を吊り上げる。

「『テヘ☆』じゃねーよ!! なに、かわい子ぶってんだよ!? キメーんだよ!! てか、なんだよ、特製ソースって!?」

「ブートジョロキアから作らせたメフィスト印の特製激辛《げきから》ソースです」

　ブートジョロキアといえば、世界一辛いと言われている唐辛子《とうがらし》だ。普通の唐辛子の約八百倍辛いと言われている。

（それを、一気に――……）

　雪男はぞっとする一方、子猫丸に深く同情した。

　口惜《くや》しくも散っていった友の無念を晴らすため、身内の恥をそそぐため、女生徒と一部男性陣を理不尽な恥辱から守るため、彼は普段なら決して取らないであろう無謀な行動に出た。その結果、志半《こころざしなか》ばに倒れたとして、一体《いったい》、誰が彼を責められよう……。

「三輪くん、君の勇気は忘れません」

「――雪男、早く食っちまおうぜ」

　そう言って立ち上がった兄の目には、強い光があった。

「俺たちで、なんとしてでも志摩を止めるぞ」

無言で肯く雪男の目に、ふと、兄のかき氷が映った。

さっきまでとは、何かが微妙に——だが、決定的に違う。その違和感に気づいた雪男が、

「兄さん、ダメだ!! 食べるな!!」

「へ!?」

ぎょっとする兄の手からスプーンを叩き落とす。

「な、なんだよ? 雪男」

「…………」

さきほど、兄が何口か食べたはずのかき氷が、どういうわけか元に戻っている。雪男がメガネの奥で片目を眇《すが》める。

「これは——」

「言わずもがな。ブートジョロキア味のかき氷ですわ」

いつの間にか、志摩が彼らの前に立っていた。

どうやら自分の分は平らげたらしく、死人のような唇をしていたが、なおも余裕の笑みを浮かべている。

「!? だけど、俺がさっき食べた時は、甘いイチゴ味だったぞ!?」

燐の疑問に、志摩がへらりと笑う。

「二人が子猫さんに気を取られている隙《すき》に、すり替えたんですわ。たまたま、近くにある激辛ソースが一つだけで、奥村くんの分だけしかできんかったけど」

「すり替えたって――」

真偽を問うべくメフィストへ視線を向ける。彼はニヤニヤ嗤っているだけで、なにも言わない。つまりは、食べている時の妨害ではないから、違反にならないということだろう。

雪男が臍《ほぞ》を噛む。「……随分《ずいぶん》と卑劣な真似《まね》をするんですね」

「まあ、これでも、一応スパイですんで」

臆面《おくめん》もなくそう言ってのけると、んじゃ、お先にと、志摩がその場を後にする。燐が口《く》惜《や》しげに地団駄《じだんだ》を踏んだ。

「クソ。志摩の野郎ッ!!」

「とにかく、兄さん。早く、別のと替えて――」

雪男が手を伸ばした途端、ピッ・ピッ・ピー、と殊更《ことさら》憎たらしく笛が鳴った。

「最初に選んだやつを変えたら失格ですよ？」

「選んでねーし!!　志摩のバカがすり替えたんだよ!!」

「ふむ。ですが、食べていない時の妨害は許可しているわけですから、それは理由にはなりませんな」

メフィストが冷たく頭《かぶり》を振る。

畜生《ちくしょう》、と叫んだ燐が、すぐさま気持ちを切り替え、かき氷に向き直る。根性で二口、三口と食べ続けたものの、十口目には、すでに死人のような顔色になっていた。

「兄さん……」

「大丈夫だって。これぐれえ、なんでもねーよ」

青ざめた顔で、弟を安心させるように笑う。幼い頃からよく見てきたその顔に、雪男が眉をひそめる。

兄には昔から、変に強がる癖《くせ》があった。

そんな兄の笑顔に自分でも戸惑《とまど》うほどの苛立《いらだ》ちを覚える。

「――いや、ダメだ」雪男は低い声でそう言うと、自分の前にある器と兄のそれを取り換えた。

「相手が食べていない時の妨害行為なら、容認されるんでしたよね？」

「私にはそれが妨害とはとても思えませんが？　奥村先生」

ひどくゆったりと小首を捻ってみせるメフィストに、雪男が平然と答える。

「兄はすでに、かなり食べていましたから。僕より優位だと判断したわけです」

「でも、それ半端《はんぱ》なく激辛ですよ？　それでも、優位になるんですか？」

「甘いものは苦手《にがて》ですから」

「ふむ」メフィストは含み笑いを浮かべると「――まあ、いいでしょう」と言った。その両目が、長い前髪の下でおかしげに細められる。

「代わりに貴方《あなた》が全部食べきるという条件で、ですが」

「もちろん、食べますよ」

「！　おま……なに言ってんだよ!?　それは、俺が食うに決まってんだろ!?　弟のくせにカッコつけてんじゃねーよ!!」

ようやく弟の意図《いと》が理解できた燐が、半《なか》ば怒ったような口調でそれを拒絶する。だが、雪男はどこまでも冷ややかに兄を見やった。

「夜《ヤ》魔《マン》徳《タカ》の力で身体能力が劇的に跳ね上がった志摩くんとやり合えるのは、兄さんだけだ。冷静に考えろ」

「雪男……」

燐が困惑した顔で、しかし、ぐっと奥歯を噛みしめる。その後、わかった、とうめくと、一口だけ手がつけられた弟の分のかき氷を一気に平らげた。

そのまま、志摩の後を追って駆けだす。

その際に、ひどくシリアスな声音《こわね》でぼそりとつぶやいた。

「死ぬなよ、雪男」

「死ぬわけないだろう」

鬱陶《うっとう》しげに嘆息《たんそく》した雪男が兄を見送ることさえせず、激辛かき氷に視線を移した。一匙《ひとさじ》、口へと運ぶ。

その尋常ならぬ辛さに堪《たま》らず咳《せ》きこんでいると、やる気のない拍手が聞こえてきた。

「いやあ、感動しましたよ。貴方がたの麗《うるわ》しき兄弟愛に。ククク」

「…………」

悪魔の乾いた賛辞を受け、雪男の顔があからさまに歪《ゆが》んだ。

「貴方のようなやさしい弟を持って、彼は幸せだ」

思わずもれそうになる舌打ちをどうにか飲みこむ。

「……べつに、兄を庇《かば》ったわけじゃない。合理的に考え、より勝率の高い兄を先に行かせたまでです。セクハラは許せませんし、僕自身、褌一丁に鼻メガネなんて、絶対にゴメンですから」

吐き捨てるような雪男の言葉に、メフィストはただおかしげに嗤ったただけだった。

苛立ちを堪《こら》えた雪男が、ブートジョロキア味のかき氷を黙々と食べていると、メフィストが「おや？」とつぶやいた。

「どうやら、後続の選手が来たみたいですよ」

「え……――」

眉をひそめつつ振り返った雪男が、ぎょっと両目を見開く。どうして、とつぶやいた声が、観客の歓声に掻《か》き消えた。


豪快にかき氷を流しこんだその人物は、先に行った二人を追って猛然《もうぜん》と走りだした……。

✝

（は？　奥村《おくむら》くん？　先生やのうて？　まさか、アレを食ったんか!?）

自分を追ってきているのが、奥村ツインズの弟ではなく兄であることに、志摩《しま》は一瞬、戸惑《とまど》いを隠せなかったが、逆に『これは、チャンスや』と開き直った。

確かに、兄の底知れぬスタミナと運動能力は厄介《やっかい》だが、弟よりはずっと御《ぎょ》しやすい。

志摩は最後の石段の前で立ち止まると、自分を追ってきた奥村燐《りん》を、わざと大仰《おおぎょう》に迎えた。「よう追いついたなぁ、奥村くん。さすがやわ」

肩で息をした燐が、それでもなお、強い眼差《まなざ》しを向けてくる。

「お前の好きにはさせねーぜ、志摩」

「なあ、奥村くん。ここはフェアに勝負せん？」そう言うと、志摩は二心《ふたごころ》はないというように、両手を広げてひらひらと振ってみせた。「ここで俺らが戦ったら、危ないやろ？せやから、正々堂々、脚力《きやくりよく》だけで勝負しよう言うことや」

「正々堂々？　誰がだ？　お前がか？」

「アハハ。その言い方キツイで、奥村くん。志摩さん地味《じみ》に傷つくわ〜」

明るく笑う志摩を心底胡散臭《しんそこうさんくさ》げに見つめていた燐が、しかし「いいぜ」と肯《うなず》く。

「俺はアイツらの屍《しかばね》を越えてここまで来たんだ。絶対、お前には負けねえ」

「大袈裟《おおげさ》やなぁ〜。三人とも、死んでへんし。まあ、ええわ。勝っても負けても恨《うら》みっこなし、いうことで。ええね？　奥村くん」

「おう」

「ほな、行くで？　よーい――」

ドンの合図で、両者が同時に地を蹴《け》る。

今や関取級《せきとり》にまで重くなっている囀石《バリヨン》を背負《せお》い、志摩はもはや、煩悩《ぼんのう》だけで石段を駆け上がった。

彼の左側を行く燐には、未《いま》だに余裕がある。三倍近い大きさの轉石《バリヨン》を背負っているはずなのに、この体力はどこからくるのか？

（ホンマ、奥村くんは体力宇宙やわ。けどな――）

やはり、馬鹿《ばか》正直だ。

志摩の提案を鵜呑《うの》みにし、まったく妨害してくる様子《ようす》がない。

正々堂々、脚力だけで勝負するつもりなのだ。

（その甘さが命取りや！　この勝負、俺の勝ちやで!!）

唇《くちびる》の端《はし》でにいっと嗤《わら》った志摩が、リュックに忍ばせたバナナの皮を敵の足元へと投げる。前方だけを見ていた燐が、まんまとそれを踏《ふ》みつけた。

「!!　うお……っ!?」

コントのように、つるりと足を滑《すべ》らせた燐が、石段を転《ころ》がり落ちていく。「っ――志摩ア――っ!!!　この野郎――――!!!!!!!」

「堪忍《かんにん》やで……奥村くん」

友の怒声《どせい》に背を向け、志摩がそっと涙を拭《ぬぐ》う真似《まね》をする。もちろん、涙など一滴たりとも流れていない。

そして、敵のいなくなった石段を足取りも軽やかに上《のぼ》っていく。

ようやく社《やしろ》が見えた。

あと、ちょっと——あと、ちょっとで、ゴールの鈴緒《すずお》に手が届く!! 即《すなわ》ち——。

(出雲《いずも》ちゃんの……杜山《もりやま》さんのパンツが見られるんやああああ!!!!!!)

夢見心地《ごこち》の表情になった志摩が、うっとりと赤い鈴緒《すずお》に手を伸ばす。

その指が鈴緒をつかむ……直前、背中に凄《すさ》まじい殺気がかかった。


「〝蛇《ナダ》を断《た》つ〟」

「!? へっ——————」

「霧隠流魔剣技《きりがくれりゅうまけんぎ》　蛇腹化《じゃばらげ》　蛇牙《だぼう》」

「!?」

鋭《するど》い風圧と共に志摩の背負っていた囀石《バリヨン》が砕《くだ》け散《ち》る。ピーッとホイッスルが鳴った。

「志摩廉造《れんぞう》くん、失格〜」

「な……なん…………!?　ぐえ!!」

呆然《ぼうぜん》とする志摩の頭をぎゅむっと踏んづけ、

「——悪く思うなよ、志摩。」

艶《あで》やかに笑った霧隠シュラの手によって、大きく鈴緒が振られた。

涼《すず》やかな鈴の音《ね》と共に、志摩廉造——その下卑《げび》た野望が、脆《もろ》くも崩《くず》れ去っていった。

✝

「——結局、三日支部長になって領収書を処理することにしたんですね」

「そーゆーこと」

さらしの上に法被《はっぴ》を羽織《はお》り、真っ白な短パンを穿《は》いたシュラが満足げに笑う。その肩からは『正十字騎士團《せいじゅうじきしだん》日本支部支部長』の襷《たすき》がかけられている。

「これで、当面の財政危機は回避したぜ。ニシシシシ」

「ホント、悪知恵だけは働きますね」

雪男《ゆきお》は激辛かき氷で痛む唇《くちびる》を片手で覆《おお》い、嘆息《たんそく》した。ともかく、女子生徒へのセクハラ

及び、一部男性陣への理不尽《りふじん》な嫌《いや》がらせが未然に防がれたのだから、よしとすべきか――。

哀《あわ》れ志摩《しま》廉造《れんぞう》は、成就《じょうじゅ》寸前に野望が潰《つい》えたショックで倒れたままだ。

他の面子《めんつ》はしえみと出雲《いずも》、そして朴《ぱく》の三人が作ってくれたお汁粉《しるこ》で暖《だん》を取っていた。


「うめー!! 全然、苦《にが》くねえ!! しえみが作ってんのに、草が入ってねえぞ、コレ!?」

かなり失礼な感嘆《かんたん》の言葉を吐く燐《りん》に、

「……朴が来てくれたからね」

と声を落とした出雲がやや疲れた顔で言う。「私だけじゃ止められなかったわ」

もう少しで、草入りのお汁粉になるところだったとつぶやく出雲に、しえみの料理の破壊力を知っている燐がぶるりと震える。

「サンキューな、朴」

「ううん。私のほうこそ、皆《みんな》の頑張《がんば》る姿が見られて楽しかったよ」

「そっか。なあ、コレもっとねえ?」

「はあ? アンタ、まだ食べる気?」

出雲が露骨《ろこつ》に嫌《いや》そうな顔になるも、

「だって、うめーじゃん。留守番しているクロにも持って帰ってやりてーし」

「…………………………タッパーあるわよ」

「ほっとする味やな」

「ホンマですねぇ……痛っ」

友のつぶやきに、激辛かき氷で腫《は》れた唇《くちびる》を押さえながら子《こ》猫丸《ねこまる》が同意する。その横では、

「沢山《たくさん》作ったから、皆《みんな》もいっぱい食べてね。あ、まだ、おかわりあるよ？」

「ハイ☆　では、私大盛おかわり、つけ合わせの塩昆布《しおこんぶ》多めで」

お玉を持ったままニコニコと微笑《ほほえ》む割烹着《かっぽうぎ》姿のしえみに、メフィストが空《から》になった椀《わん》をずいっと差し出している。

（諸悪の根元が、なにをちゃっかり混じっているんだ……）

再び嘆息する雪男をシュラが肘《ひじ》で突いた。

「お前も食ってこいよ。戦いの後のああいう、おふざけタイムが楽しいんだろ？」

「別に、戦ってませんし」

僕は遠慮します、と言いかけた雪男に、

「支・部・長・命・令」

とシュラが襷を見せつける。「行ってこいよ。雪男」

「……──」

皆のほうを見ると、こちらに気づいた兄としえみが、笑顔で大きく手を振ってきた。

「雪男ー!! 早く来いよ!! うめーぞ」「雪ちゃーん」

二人の声が合わさる。

もう一度、大きくため息を吐《つ》いた雪男が、手を差し伸べ、まるでダンスか何かのようにシュラを誘う。

「──じゃあ、一緒《いっしょ》に行きますか？」

「!!」

シュラはちょっと驚いたような顔をしたが、やがてフンと鼻で笑うと、差し出された手のひらをペシッと叩《たた》いた。ビビリメガネのくせに、生意気《なまいき》だというように……。

「じゃあ、ちょっくら食いにいくか」

「太りますよ」

「てめえ……自分から誘っといてなんだよ、その言い草!? 支部長権限で給料減らすぞ」

「まさかの脅《おど》しですか？ 大人《おとな》げない」

「てめーが、じじむさいんだよ。このフケ顔高校生!!」

相変わらずのやりとりを上司と交《か》わしながら、連れ立って皆《みんな》の元へと歩いていく。

いつの間にか、吹きつける風の寒さも気にならなくなっていた。

こんな時間も、たまには悪くないのかもしれない……。そんなふうに思ったことは、自分一人の胸の中に留《とど》めておこう。雪男はそっと口元だけで微笑んだ。

金兄の家出

幼い頃、沢山《たくさん》の兄弟に囲まれた友を羨《うらや》ましいと思ったことがあった。

——志摩《しま》さんはええなあ。柔造《じゅうぞう》さんとか、金造《きんぞう》さんとか、弓《ゆみ》ちゃんとか、皆《みんな》おって。

そんな時は決まって、切《せつ》ないような痛みに鼻の奥がつんとなった。

なのに、二言目には『うっとうしい』『メンドー』としか言わない友人が、ほんの少し憎らしかった。

✝

祓魔塾《ふつまじゅく》からの帰り道——。

学生寮までの道のりを、志摩《しま》はいつものようにダラダラと歩いていた。それこそ、生まれた頃からのつき合いだが、彼がピシッとしている姿を——女性関連以外で——子猫丸《こねこまる》は見たことがない。

「あー、今日も疲れたぁ〜。ホンマ、勉強しんどー」

「志摩さん、それ毎日言うとるで」

「そやかて、子猫さん。言いたくもなりますわ。見て、この宿題の山」

トホホ……と半泣きになった志摩が、これ見よがしにプリントの束《たば》を取り出す。確かに分《ぶ》厚《あつ》い。うんざりするほど分厚い。

だが、子猫丸は、その半分近くが友の自業自得であることを知っていた。補習をサボったり、授業中に居眠りをしたり、レポートの提出期限を守らなかったり、テストで赤点を取ったりしたために追加されたものにまで同情するほど、お人好《ひとよ》しではない。

「あー、毎日、楽して生きていけへんかなぁ〜」

「……志摩さんって、ホンマ、キリギリスみたいな人やな」

子供の頃に読んでもらった『アリとキリギリス』を思い出しながら、子猫丸がげんなりする。しかも、このキリギリスは大人《おとな》しく死んだりなど決してしないだろう。

「坊《ぼん》なんて、図書館の自習室でまだ勉強しとるで？　しらべものにも都合がええし、部屋より落ち着く言うて」

子猫丸がため息混じりにそう言うと、志摩は大袈裟《おおげさ》に身をよじってみせた。

「アレはヘンタイや！　ヘンタイ!!　ストイックもあそこまでいくとさすがにホンマもんのヘンタイやろ。気持ち悪いわ」

「……それ、間違《まちご》うても、柔造《じゅうぞう》さんとか金造《きんぞう》さんの前で言わんほうがええで」

子猫丸がもう一度、深く息を吐く。

「なあ、志摩さん。認定試験もそう遠い未来の話やないんやし、少しは真面目《まじめ》に頑張《がんば》らはったらどないや？　落ちたら、柔造さんに大目玉喰《く》らうで？」

志摩家の次男である柔造は、二十五歳の熱血漢。騎士《ナイト》と詠唱騎士《アリア》の称号を持つ、上二級祓魔師《エクソシスト》で、若くして京都《きょうと》出張所祓魔《ふつま》一番隊の隊長を務める実力者だ。学生時代から優秀だったと聞く。

一方、この末弟《まってい》はといえば……。

「なんとかなるやろ？　子猫さんは心配症やなぁ～」

ヘラヘラ笑う友を前に、あ、この人、やる気ゼロやな、と子猫丸が冷ややかな眼差《まなざ》しを向ける。

「志摩さんが、考えなしなだけやろ」

「ヒドイ、子猫さん！　だって、あの金兄《きんにい》だって騎士《ナイト》と詠唱騎士《アリア》に受かったんですよ？

あのドアホが」

「…………」

志摩が痛いところを突いてくる。

確かに、彼の四兄である金造は、次兄《じけい》と異なり、頭がよいほうではない。平和と英語で書こうとして、堂々と『ＰＡＣＥ』と書くような二十歳《はたち》だ。どちらかといえば（いわなくても）悪いほうだろう。だが、実はこの間違えた綴《つづ》り――イタリア語で『パーチェ』と発音され〝平和〟を表す単語なのだ。

彼、金造にはそういう一種、神懸《かみが》かりといおうか、多分にミラクルなところがある。

子猫丸はわずかに逡巡《しゅんじゅん》すると、

「志摩さんは金造さんほど強運やないし、少しは将来とか真面目に考えはったほうがええと思うで？」

「……子猫さん……ソレ、普通に凹《へこ》むんやけど」

大袈裟に傷ついたふうを装《よそお》う志摩が、グスンと鼻を啜《すす》る。

しかし、その舌の根も乾かぬうちに、ハッと目を見開いた。

「今日は『エ^{2}ロ大王』発売日やんか!!」

「…………」

「メシ食ったら、買いにいかな。あ〜、売り切れてへんといいな〜。『エ^{2}ロ大王』人気やからなぁ〜。『エ^{2}ロ大王』のグラビアは毎回、神やもんなぁ〜♥」

途端《とたん》に足取りが軽《かろ》やかになった志摩が、スキップしながら正十字《せいじゅうじ》学園男子寮・新館へと入っていく。

子猫丸は心持ち友との距離を開《あ》けてそれに続いた。

金持ちの子息たちのために作られたこの寮は、学生寮とは思えぬほど凝《こ》った造りで、内装も手がこんでいる。――とはいえ、無駄《むだ》に華美なわけではなく、学生が落ち着いて暮らせるように様々《さまざま》な趣向が凝らされており、居心地《いごこち》はかなりいい。

「あ〜、このドアを開けたら、可愛《かわい》い女の子が待ってたらええのにな〜♥」

自室のドアノブに手をかけた志摩が、またもろくでもない妄想を垂れ流す。

「出雲《いずも》ちゃんとか、杜山《もりやま》さんとか、朴《ぱく》ちゃんとか〜♥」

「……志摩さん。せめて、一人に絞《しぼ》ってや」

しまりのない顔でドアを開ける友に、無駄だと思いつつも苦言を呈《てい》す――と、志摩がその場に凍りついた。

約十秒後、せっかく開けた扉をまたバタンと閉《し》める。そのまま石のように動かなくなってしまった。

「志摩さん?」

「…………おる」

「は?」

「おるんや……中に」

友の挙動不審な態度に眉《まゆ》をひそめた子猫丸が「おるて、何が?」と尋ねる。

「……ヤ……ヤツや……」青ざめた顔で志摩が答える。「ヤツがおる」

「?　ああ、ゴキブリのことやな?　ホンマに……志摩さんは、もう」

呆《あき》れた子猫丸が、慣れた動作で友をドアの前からどかせる。

扉を開け、

「えっと……確か、新聞紙を丸めたやつがここら辺に――」

と出入り口付近に置いてある、簡易武器を探す。しかし、待ち受けていたのはゴキブリではなかった。

「――よっ、子猫」

「…………」

志摩のベッドで音楽雑誌を読んでいた男が、こちらに気づいて片手を上げた。子猫丸が目を丸くする。

「金造さ……ん？」

「おう。コラ子猫、廉造《れんぞ》ォ。お前らちゃんと坊をお守りしとったんやろうな？　アア？」

やや長めの金髪の下で、切れ長の両目が糸のように細くなる。

幼い頃から、顔を合わせるたびに言われてきた言葉をかけてきたその男は、さきほどの会話にも出てきた志摩家不肖《ふしよう》の四男坊――京都出張所にいるはずの志摩金造――その人であった。

✞

「柔造《じゆうぞう》さんと喧嘩《けんか》した？　金造《きんぞう》さんが？」

「はあ？　嘘《うそ》やろ？」

金造から話を聞いた子猫丸《こねこまる》と志摩《しま》は、そろって妙な顔になった。

金造は確かに喧嘩っ早《ぱや》く、その兄である柔造も意外に短気だ。だが、金造は次兄《じけい》を心から慕《した》っているし、明陀《みようだ》の戦士として深く尊敬もしている。だからこそ信じられなかったの

だが、

「明陀の男は嘘なんぞ吐《つ》かんのじゃ、このボケナスがァァァァ!!!」

と怒鳴《どな》った金造の飛び蹴《げ》りが、哀《あわ》れな末弟《まってい》に炸裂《さくれつ》する。志摩が「痛いわ!!」と叫ぶ。

「久しぶりに会った弟に、何すんねん!?」

「ア？　兄弟のスキンシップや。普通やろ」

「どこが、普通!?　どんだけ殺伐《さつばつ》とした兄弟やねん!!　てか、嘘吐いたことないいうのがまず嘘やろ!!　どんだけ俺に嘘吐いてきたと思ってんねん!?　俺、金兄《きんにい》のせいでメンマをずっと、割り箸の煮こんだヤツやと思ってきたんやで!?」

「はあ？　なんや、ソレ。アホか、お前」

「自分の犯行を忘れるなや!!!　このドアホ!!　お前がアホやろ!!」

憤慨《ふんがい》する弟を無視し、金造が子猫丸に向き直る。

「――ま、そんなわけや。しばらく、ここに厄介《やっかい》になるで」

「は？　金造さん、家出してきたん？」

思わずぎょっとする。

しかし、よくよく見れば、ベッド脇《わき》に巨大な登山用リュックが置いてあった。愛用の津《つ》軽三味線《がるじゃみせん》が入った長袋まで持ってきているあたり、彼の本気度が窺《うかが》える。

もはや、この部屋に居座る気満々だ。

「腹減ったな。なんか、食いに行くか？」

「え……あ、いや」

子猫丸が戸惑《とまど》っていると、志摩が猛然《もうぜん》と兄に食ってかかった。

「なに勝手に言っとんのや!?　家出ってなんやねん？　しばらく厄介になる？　アカンに決まっとるやろ!?　さっさと柔兄《じゅうにい》に手えついて謝って、とっととウチに帰れや!!」

「チェアアッ!!」

「痛いいいいい……っ!!!!!!!!」

脳天に強烈な手刀《しゅとう》を浴びせられ、両手で頭を覆《おお》った友が絶叫する。「なにすんねん!?　バカになったらどないすんの!?」

「知るか、ボケが。お前が弟の分際《ぶんざい》で、生意気《なまいき》なこと言うから悪いんやろ」

頭を抱《かか》えて抗議する弟と、それを一顧《いっこ》だにしない兄をハラハラと見守っていた子猫丸が、

「……とにかく、僕は坊《ぼん》に相談してきますさかい――」

と、その場に立ち上がる。そのまま、そそくさと出口に向かおうとすると、

「ちょい、待ち」

「ぐぇ!!」

背後から伸びてきた腕に襟首《えりくび》をつかまれ、無理やり引き戻される。

思いっきり首が締まった子猫丸が、激しく咳《せ》きこんでいると、金造の顔のどアップが迫ってきた。

「この件、坊には知らせんといてほしいんや」

と、いつになく真剣な声と顔で言う。子猫丸が咳きこみながら片眉《まゆ》を上げる。「え？ゴホ、ゲホゴホ……なんで……ゴホゴホ？」

「坊は今、大事な時期やろ？」

三か月後に迫った認定試験で、竜騎士《ドラグーン》と詠唱騎士《アリア》、両方の称号を一度に取ると張りきっているのだ。

自分のことなんぞで心配をかけたくない、という。

その気持ちはよくわかる。子猫丸とて同じ想いだ。彼の負担になるようなことはしたくない。

しかし、現実問題としてこの人の存在を隠すことができるだろうか？

「でも……ゲホ、金造さん。ここに……ゴホゴホ……いてはるんやないんですか？」

「そうや。せやから、お前らには、俺はたまたま休みが取れてここに遊びにきたとかなんとか、そんな感じで坊に伝えてほしいんや」

「ああ、そういうことやったら——」

ようやく咳が収《おさ》まった子猫丸が、得心《とくしん》した顔で肯《うなず》く。——と、ドアのところでガタンと音がした。見ると、バツが悪そうな顔で勝呂《すぐろ》が立っている。

あたかも悪さが見つかった子供のように、金造がビクッと身体を強張《こわば》らせる。

「坊……」

「……すまん。全部、聞いてもうたわ。ドアが開いとったんで……立ち聞きする気はなかったんやけど」

頭の後ろを掻《か》きつつ告げる勝呂に、金造が悄然《しょうぜん》とうなだれた。

「お騒がせして、ホンマ申し訳ありません」

と頭を下げる。

「柔造と何があったんや？」

「……すんません」

「俺らにも、言えんいうことか」

「…………」

無言で頭を下げ続ける金造に、勝呂が嘆息《たんそく》する。

「そない大事《おおごと》なんか？」

「…………………――坊が迷惑やったら、俺、出ていきます」

「迷惑に決まっとるやろ!!」

即答したのは――しかし、勝呂ではない。いつになく両目を吊り上げた志摩が、兄に人さし指を突きつけ、声高《こわだか》に叫ぶ。

「迷惑も迷惑。迷惑千番! 大迷惑や!! そやから、さっさと出ていきや!! しっしっ!! ほら、坊もビシッと言うたってください! ビシッと!!」

「黙りゃあ!!!」

「ぎいゃああああああああああああああああ!!!」

ビシッという鋭い音と共に、再び兄の脳天チョップが炸裂する。

子猫丸は床《ゆか》の上を転げまわる友と、その兄を見やり、最後に勝呂を見た。

「……坊。どないします?」

「どないするもなにも、しかたないやろ」

こないな時間に叩《たた》き出すわけにもいかんし、と勝呂が苦い顔で言う。「ともかく、今日はここに泊まらせて、どうするかは、明日、考えようや――」

「そうですね」

子猫丸もこくりと同意を示す。

顔を輝かせた金造が「ありがとうございます!!」と叩頭《こうとう》し、志摩一人が、盛大なブーイングをもらした……。

✞

その日の晩は、『ぽんちゃん』を予約し、もんじゃとラムネの夕飯を囲んだ。その後、当たり前のような顔で寮の大浴場に浸《つ》かった金造《きんぞう》は、これまた当然の如《ごと》く弟のベッドを占《せん》領《りょう》した。

「何してんねん。それは俺のベッドやで?」

「俺がここで寝るから、お前は床《ゆか》で寝ろ」

「ハァ!? 金兄《きんにい》が床で寝たらええやろ!? そこは俺のベッドやで!?」

とわめく志摩《しま》を暴力で黙らせ、

「お前のもんは俺のものやろ!!」

と傲岸《ごうがん》に言い放つ。挙句《あげく》、

「あー、なんや、腹減ったなあ。オイ、廉造《れんぞう》。五秒やるから、コロッケパンとカップ麺《めん》買って来いや」

と弟を顎《あご》で使う。

「五秒で行けるか！」「このドアホ!!」「とんだ暴君や」「おとんに言いつけたる」「チンピラ」「早《は》よ、出てってや!!」

と、さんざわめき散らした志摩が出ていってしまうと、室内は急に静かになった。

金造は黙っていると異様に迫力がある。見事なばかりの金髪に目つきも鋭《するど》く、ぶっちゃけ強面《こわもて》だ。だが、幼い頃から兄弟同然に育った子《こ》猫丸《ねこまる》は、彼を怖いとは思わない。やさしいところもあるし、漢気《おとこぎ》もある。家族が大好きで、明陀《みょうだ》の男であることを誇りに思っている人だ。愚直《ぐちょく》なまでに明陀を愛するその姿勢を子猫丸は密かに尊敬していた。

これで、意外と弟想いのところもある――……のだと思いたい。

少なくとも子猫丸にとっての彼は乱暴だがやさしく、短気だが頼もしい兄だった。笑顔が子供のように無《む》邪気《じゃき》で、いつだってその背中に自分たちを守ってくれていた。

「……なあ、金造さん」

机に向かって課題のレポートを書きながら呼びかけると、

「――なんや」

ちょっとおいて、低い声が返ってきた。

寮は二人部屋だが、互いのスペースの間には、各人の机と大きな本棚があり、子猫丸の位置から、志摩のベッドに寝転がっている金造の顔は見えない。

「なんで喧嘩《けんか》したん？　柔造《じゅうぞう》さんと」

「……なんでもや」

金造がボソリと答える。

普段《ふだん》が竹を割ったような性格の彼なだけに、そんなふうに言葉を濁《にご》されると、かえって心配になってくる。

「仲直りできへんの？」

「…………」

答えの代わりに、無言で雑誌をめくる音が聞こえてきた。

気まずさを隠すためにそうしているようで、ますます不安になる。いっそ、無理や、と一蹴《いっしゅう》されたほうが気が楽だった。

（金造さん……元気そうに見えるけど、ホンマはすごく悩んどるんやろか）

子猫丸がレポートを書く手を止める。

僕は、と躊躇《ためら》いながら口にする。

「僕だけやのうて、坊《ぼん》や志摩さんもそうやと思うけど、金造さんも柔造さんも大好きやから、二人が仲悪うしてるんは嫌や」

「………」

しかし、答えはなかった。

今度は雑誌をめくる音すら聞こえない。

「――金造さん？」

心配になった子猫丸が、本棚の脇からこそっととなりのスペースをのぞく。

恐る恐る友のベッドを見ると、いつの間に眠りこけたのか、金造は大きな口を開けて爆睡していた。

「………」

「ぐー……ふがー……ぐぅぐぅ」

実に心地よさそうな寝息かつ、安らかな寝顔だった。

（……あ、やっぱりコレ、大したことやあらへんわ）

一瞬にして無表情になった子猫丸が、胸の中で前言撤回する。

幼馴染《おさななじみ》の志摩にしてもそうなのだが、この兄弟はマイペースといおうか、唯我《ゆいが》独尊《どくそん》といおうか。本気で心配したほうが負けというところがある。

明日には、あっけらかんと京都《きょうと》へ戻ると言いだすかもしれない。

（まあ、そんならそれでええんやけど）

子猫丸は苦笑《くしょう》すると、レポートの続きに戻った。

ふと、幼い頃、自分たちの勉強を見てくれた柔造の笑顔が頭を過《よぎ》った。あくまで善意からではあるが、結果邪魔《じゃま》ばかりしてくれた金造の顔も——。

(早く、二人が仲直りしてくれるとええなぁ……)

ため息混じりに思う。

その晩は、ひどく懐《なつ》かしい夢ばかり見た気がする。

✝

——翌日の昼休み。

芝生《しばふ》で昼飯を食べながら、子猫丸《こねこまる》が昨夜の寝落ちのことを話すと、勝呂《すぐろ》が「金造《アイツ》らしいわ」と答えた。

当の金造《きんぞう》は、末の弟を僕《しもべ》に、かつて通っていた学園を懐《なつ》かしそうに見てまわっている。

しかも、どういうわけか、行く先々で女生徒たちの熱い視線を集めるのだ。(『えー、志《し》摩《ま》くん、誰ダレ？』『えー、お兄《にい》さん？　ウソ!!　カッコイイ～』『マジ、イケメンじゃん!?』『あのぉ～、お兄さんってえ、彼女とかいますかぁ？』）

子猫丸としては友がいつ爆発するか心配でならず、勝呂とともに早々にその場を離れたわけであるが……。

「まあ、金造さんは男前ですからね」

「顔の造りはだいたい同じじゃやのに、志摩《アイツ》の場合、絶望的にしまりがないからな」

勝呂が手厳しい一言を、ここにいない友へ放つ。

子猫丸は「アハハ」と苦笑《にがわら》いしつつ、それにしても、と話題を変えた。

「二人の喧嘩《けんか》の原因って、なんなんですかね？」

「ああ。俺も気になって、あれから柔造《じゅうぞう》に電話してみたんやけどな……」

「まさか、坊《ぼん》。柔造さんに、金造さんがここにいるって話したんですか？」

「いや。約束があるしな。急に金造に聞きたいことができた言うて、誤魔化《ごまか》したわ――」

さぞや機嫌《きげん》が悪かろうと思っていた柔造は、まったくもって普段《ふだん》通りだった。〝坊〟の前だから取《と》り繕《つくろ》っているというふうでもなく、いたって通常運転。あくまで爽やかに、あっけらかんとしていたという。

『すんません、坊。金造、おらんのですわ。俺では代わりになりませんか？』

『悪いな。アイツでないとわからんことや。なんや、アイツ、どないしたんや？　こないな時間に、まだ出歩いとるんか？』

『それが……なんや、わけわからんことをわめき散らした思うたら、そのまま出てってしもうて……まだ帰っとらんのです。任務のほうは、有給を使っとるみたいなんですが、アイツにも困ったもんですわ』

『喧嘩でもしたんか？』

『いいえ。何もありません。そのうち、腹が空《す》けば帰ってくるでしょう』

そう言って、呑気《のんき》に笑っていたそうだ。

少なくとも、彼のほうは金造と喧嘩したつもりもなければ、それが原因で金造が家出したなど夢にも思っていない様子《ようす》だった。いっそ切《せつ》なくなるほどに、両者の温度差が激しい。

「せやから喧嘩言うても、しょせんは金造の独《ひと》り相撲《ずもう》なんやないかと思うたんやけど……まあ、それじゃあ、いくらアイツでも納得せんやろうし、なんや思い当たることがないか、無理やり聞き出したら――」

電話口の向こうで頭を捻《ひね》らせていた柔造が、

『そういえば、前の日の昼飯が冷《ひ》や麦《むぎ》だったんです』

と言いだしたという。無論《むろん》、勝呂は受話器のこちらで首を傾《かし》げた。

『そんで、うっかり色つきのを食べてもうたんですわ』

『は？　なんて？　何を食べたんやて？』

『一把《いちわ》につき何本か、赤や緑の色がついたカラフルな麺《めん》が入ってますやろ？』

『あー、なんかあるな』

一応、肯《うなず》きつつも、なんのこっちゃと思って聞いていると、

『金造の奴《やつ》。昔から、どういうわけかアレが好きなんですわ。これは赤いから血でできた麺や、緑のはアメーバや!!　ロック魂《だましい》や!!　とかなんとか言うて』

『血でできた麺って、なんかイヤやな……しかも、アメーバのどこがロックなんや？』

『アハハハ。ホンマですわ。そないアホなことをまことしやかに言うせいか、他のチビどもは皆《みんな》食べたがらんので、冷や麦を茹《ゆ》でる時は、必ずアイツにやっとったんです』

『…………』

そこまで聞いても、やっぱりなんのこっちゃとしか思えなかった。

『もう子供やないし、あんなもん拘《こだわ》らんやろ思うて――というか、そもそもすっかり忘れ

とりました』
柔造はそう言うと、快活に笑った。
考えられるのはそれぐらいだという。

「――と、いうわけや。子猫。お前、どない思う?」

「まさか」子猫丸は即座に否定すると、歯の痛みでも堪《こら》えるような顔で、まさか、ともう一度言った。思わず目が泳いだ。

「いくら金造さんかて、そないしょーもないことで……」

「俺もそう思う……いや、そう思いたい。だが、柔造が思いつくんがそれしかないんやったら、しかたないやろ」

勝呂が焼きそばパンを手に、神妙《しんみよう》に告げる。心なしか食欲が失《う》せたようだ。げんなりした顔でパンの断面を見つめる。

「食いもんの恨《うら》みは怖い言うしな」

「……はい」

「それにしても、赤い冷や麦とはな……」

子猫丸も胸やけを覚え、食べかけのおにぎりを脇《わき》に置いた。

二十歳《はたち》を超えた大の男の家出の理由としては、あまりにも情けない。そして、アホらしすぎる。

(志摩さん……激怒するやろな)

ベッドを盗《と》られ、暴力を振るわれ、パシリに使われ、果ては、自分よりも女性にモテる姿を(わざとではないにしても)見せつけられ――金造が来たことで一番実害を被《こうむ》っているのは、他ならぬ彼だ。

挙句《あげく》、その理由がこんなどうでもいいことだと知ったら……。

子猫丸は今、ここにいない友の胸中を慮《おもんぱか》り、胸の中でそっと手を合わせた。

✝

「ちょ……一体《いったい》、なんなんですか? 坊《ぼん》」

「ええから」

その日の夕刻――。

塾を終えた勝呂《すぐろ》と子《こ》猫丸《ねこまる》は、正十字学園《せいじゅうじ》男子寮・旧館へと金造《きんぞう》を連れ出した。当初は面《めん》倒臭《どうくさ》がっていた志摩《しま》もしぶしぶといった感じでついてきた。

「？　なんや……ここ。廃屋《はいおく》？　肝試《きもだめ》しでもやるんですか？」

「廃屋やない。一応、男子寮や。古いほうのやけどな」

新館が建てられてから、ここは使われていない。

ただ、それはあくまで表向きのことで、彼らの友人である奥村《おくむら》兄弟は現在もここで生活している。言わずもがな、サタンの落胤《らくいん》である兄・奥村燐《りん》を一般生徒から隔離するためだ。

家鳴りのする廊下を歩き、厨房《ちゅうぼう》へ向かう。厨房には、燐の姿があった。エプロン姿で大きな寸胴鍋《ずんどうなべ》を菜箸《さいばし》で掻《か》き混《ま》ぜている。

こちらに気づくと、菜箸を持ったまま、軽く片手を上げてみせた。

「よう。頼まれたから一応作っといたけど、なんなんだ、これ？」

そう尋ねてきた後で、「アレ？　志摩の兄ちゃんじゃねーか」と小首を傾《かし》げた。

「遊びに来たのか？」

「話せば長くなるんやけど……いや、そんなに長くもないいんやけど、ひとまず、ありがとう。奥村くん」

と、子猫丸が頭を下げる。

そして、近くのテーブルに金造を座らせた。

「オイ、子猫。ホンマ、何が始まるんや？」

「まあ、まあ。金造さん」

「ホラよ。お待ち」

そこに、燐が目にも涼《すず》やかな硝子《ガラス》の器を持ってきた。氷がゆらゆらと揺れる冷水に浮かんでいるのは、すべて赤い冷《ひ》や麦《むぎ》だった。

「これは……」

金造が呆然《ぼうぜん》とそれを見つめる。「赤い――」

勝呂がコホンと空咳《からぜき》を一つする。

「冷や麦の赤い麺《めん》だけを集めたもんや」

「全部、金造さんが食べてええんやで？」

子猫丸が笑顔で箸《はし》をわたす。

「…………」

金造は一応箸を受け取りはしたものの、喜ぶどころか、なんともいえぬ顔をしている。

感動しているふうではない。戸惑《とまど》っているというより、本気でわけがわからない、という感じだ。

さば水煮
生わさ

そんな金造の様子《ようす》に、勝呂と子猫丸が顔を見合わせ、

(違うんやないか?)

(僕もそないな気がします……)

素早《すばや》くアイコンタクトを交《か》わしていると、空気を読まない志摩が兄から箸を取り上げ、すくい上げた麺を無理やり金造の口に持っていった。容赦《ようしゃ》なく、ぐいぐいと押しつける。

「これが食いたかったんやろ? そんで、柔兄《じゅうにい》と喧嘩《けんか》したんやろ? ほな、さっさと食って、とっとと京都《きょうと》に帰ってや? ネ? ほら、一気にずずーっといったって? な?」

「し、志摩さん。そこらへんでやめたほうが——」

子猫丸が慌《あわ》てて止めるも、

「……っ廉造《れんぞう》オォォォォォォォ゙——りやあああああああああああああああ!!!!!!!!!!!!!!」

「ぎいやあああああああ——!!!!!!!!」

金造の鉄拳《てつけん》が弟の頬《ほお》を穿《うが》つ。志摩の身体《からだ》は二メートルほど吹っ飛んだ。

金造はその場に仁王立《におうだ》ちになると、半《なか》ば気絶している弟に凄《すご》んだ。

「俺が、そないケツの穴の小さな男に見えるんか!? アア!? ゴラ!!」

再び殴《なぐ》りかかりそうなその勢いに、さすがに勝呂が止めに入る。

「やめや、金造。志摩は関係ない。俺と子猫丸で考えたことや」

「!? 坊が……」

金造は驚いたような顔になると、ピンと背《せ》筋《すじ》を正し「すんませんでした!!」と腰をきっかり九十度に曲げて謝罪した。「坊に、そないご心配をおかけしとったとは……」

しきりに恐縮する金造に、

「ええんや。そんなことより、そろそろ話してくれへんか? どうして、柔造と喧嘩なんかしたんや? お前ら、仲のええ兄弟やないか」

勝呂が水を向ける。金造が苦しげに視線を逸《そ》らせた。

「………それは」

「金造さん」

子猫丸が励ますようにその名を呼ぶ。

金造はしばらく逡巡《しゅんじゅん》していたが、やがて重たいため息を吐《つ》くと、ポツリポツリと語りだした。

「……聞いてもうたんです」

「何をや?」

「柔兄が熊谷《くまがい》のオッサンや、柳葉魚《ししゃも》としゃべっとるんを——」

任務帰り、錦《にしき》や青《あお》と兄たちの結婚について言い争いながら京都の出張所に戻った彼は、障子《しょうじ》の向こうから兄たちの声が聞こえてくるのに気づいた。

（皆《みんな》でお茶でもしとんのかいな？）

そういえば、任務が忙しく昼も食べていない。朝も抜いているから、今日は食事らしい食事をしていないということだ。忙しく動きまわっているうちは気にならないが、一度気づいてしまえば、目がまわるほど空腹だった。

（なんか貰《もら》お）

もしかすると、差し入れの折詰や寿司などがあるかもしれない。

そう思い、障子に手をかけた——その時、

『金造？　アイツはダメや。ダメ。アカン』

（え……？）

兄の声が、取りつく島もないような己《おのれ》へのダメ出しを告げた。呆然《ぼうぜん》となった金造が、何かの聞き間違いだと、障子にへばりつき耳をそばだてる。

『でも、柔造さん。金造さんかて——』

『いや。アイツはアカン』

柳葉魚のとりなしの言葉を遮《さえぎ》り、再び聞こえてきた兄の容赦《ようしゃ》ない口ぶりに、血の気の失《う》せた金造がよろりと床《ゆか》に膝《ひざ》をついた。

(なんなんや……なんなんや、コレは……)

いっそ、夢であってほしい。いや、夢に違いない。そう思っていると、

『アンタ、そこで何やっとんの？　邪魔《じやま》くさ』

青が小憎たらしい顔でやってきた。反射的にその頬《ほお》をつねると、『痛いわ!!』『何すんねん!?』『このアホ中《ざる》!!』と目を剝《む》いてきたので、夢ではないとわかる。

『……なんぼしても、隊長のお考えは変わらへん、言うことですか？』

熊谷の躊躇《ためら》いがちな声に続き、兄がひどく平板《へいばん》な声で告げた。

『ああ。他の奴はどない思うとるか知らんが、俺の考えは変わらへん。アイツは、いらん──おっとすまん。もしもし、ああ俺や。おう、その件やったら……』

そこで兄の携帯に着信が入ったために、話は中断したが、金造の頭の中はすでに真っ白だった。

それから後のことは、ほとんど覚えていないという──。

「柔造が？　あの柔造が、そう言うたんか？」

「はい」

別人のように神妙《しんみょう》な面持《おもも》ちで肯《うなず》く金造に、勝呂が信じられないという顔をする。子猫丸も同じ気持ちだった。

（柔造さんが……そないなことを？）

柔造は子供が大好きと言うだけあり、弟妹《ていまい》の世話を好んで焼く、心やさしい男だ。根っからの兄貴肌で、金造を『ドアホ』、末弟を『ドスケベ』と呼びはするが、その実力はちゃんと認めていたように思う。

厳《きび》しくてやさしい、理想の兄だ。

一方、金造は、はたで見ていてもわかるほどに、五歳年上の兄を深く尊敬している。忠誠を尽くす明陀《みょうだ》の総領《そうりょう》息子である坊とはまた別に、兄を男の中の男として崇《あが》め奉《たてまつ》っているようなふしすらある。

その兄に、己の存在を全否定されたのだ。

どれだけショックだったことか……。

「俺は、明陀の男として志摩家の男として、恥ずかしゅうないよう生きてきたつもりやっ

たんですけど……柔兄はそう思うてなかったみたいなんですわ」

金造が淋《さび》しげに笑う。

そして、勝呂に向かって再び一礼すると、

「――すんません。お先に戻ります」

断りを入れ、食堂の出入り口へと向かう。その背中はひどく頑《かたく》なで、あらゆる言葉を拒絶しているように見えた。

「金造……」

「金造さん」

子猫丸はなんと言って彼を呼び止めていいかわからず、おろおろした。となりで勝呂も言葉をかけかねているふうだ。

――すると、

「な～んや。アホやな、金兄《きんにい》も。そんなことで悩んどったんか。そんなん絶対、聞き間違いやて。腹減って耳が遠くなっとったんとちゃう?」

いつの間に復活したのか、ちゃっかり席に座って、食べ手のいなくなった冷や麦を啜《すす》っていた志摩が、適当なことを言う。

「どーせ、『アイツはイラン人っぽい顔しとる』とか、『アイツはイランイランの花が好きやったな』とか、そんなことやて。ぐちぐち悩むだけアホらしいわ。あー、アホらし」

　ぎょっとした勝呂と子猫丸が、

「(志摩!!　このバカが!!)」

「(志摩さんっ!!)」

　小声で友をたしなめる。

　幸い、金造には届いていなかったらしく、そのまま食堂を出ていった。

　二人してはーっとため息を吐く。

　勝呂が薄情な友をギロリと睨《にら》む。

「で？　金造はイランイランの花が好きなんか？」

「さあ？　花の名前なんて知らんのとちゃいます？」

　これだ。

　勝呂と子猫丸の目が限りなく冷たくなる。

　すると、志摩と同様に空《あ》いている席に腰かけ、冷や麦を啜っていた燐が、

「どーいう状況なんか、俺にはわかんねーけどさ」

　と切りだした。

「兄弟だからこそ、ちゃんと腹割って、話し合ったほうがいいんじゃねーの？」

「……奥村」

「家族だから――兄弟だから、なにも言わなくてもわかり合えるとかさ、そーいうのに逃げねーでさ。いつまでも向かい合わねえでいると、きっと後悔すんぞ」

さらりとした口調だったが、何故《なぜ》か重く響いた。

「まあ、俺の言えたことじゃねーけどさ」

「奥村くん……」

彼にも双子の弟がいる。子猫丸から見れば、そこそこ仲のよい兄弟に見えるが、当人同士の間ではいろいろあるのかもしれない。

黙って聞いていた勝呂が、眉間《みけん》に深いしわを寄せた顔で、そうやな、と肯く。「明日は土曜やし、柔造と話し合うよう、説得してみるわ。ダメなら、首に縄つけてでも京都《きょうと》へ連れ帰ったる」

「おう」燐が笑顔で応じる。そして、目の前の赤い冷や麦の山を見ると、

「もったいねーから、お前らも食ってけよ」

と言った。「雪男《ゆきお》は今日、コウカなんちゃらとかいうのの会議で遅くなるとか言ってたし、俺一人じゃこんなに食いきれねーからさ」

「コウカなんちゃらってなんやねん」

「コウカ？　人事考課のことですかね？」

「奥村くん、そこの薬味《やくみ》取ってくれへん？　あと、梅干叩《たた》いたヤツも。いやー、特製の汁が美味《うま》いわぁ～」

のほほんと志摩が言う。その頭からは、すでに四兄のことなどきれいさっぱり消え失《う》せているようだ。そんな友に、

「お前は……ホンマに」

と、勝呂が天を仰《あお》ぐ。

「たまに、その楽観的な脳みそが羨ましいわ」

「ほんなら、取り替えますか？」

「いや、絶対にいらん」

勝呂は即答すると、金造のことが心配だから、と燐に詫《わ》び、食堂を後にした。子猫丸もそれに続く。


――俺は、明陀の男として志摩家の男として、恥ずかしゅうないよう生きてきたつもりやったんですけど……柔兄はそう思うてなかったみたいなんですわ。

誰よりも明陀が好きで、誰よりも家族が好きなあの人が、どんな気持ちで口にしたのだろうか？

想像しただけで、いたたまれなかった。

✞

「——坊《ぼん》!?　どうされたんです？　子猫《こねこ》も？」

勝呂《すぐろ》と子猫丸《こねこまる》が京都《きょうと》出張所に顔を出すと、柔造《じゅうぞう》が驚いた顔で駆け寄ってきた。

頬《ほお》や額《ひたい》に走る引っかき傷は、未《いま》だに喧嘩《けんか》ばかりだという婚約者につけられたものだろうか……？

「連絡を頂ければお迎えに上がりましたんに。なんぞ、東京《とうきょう》であったんですか？　廉造《れんぞう》のヤツは一緒《いっしょ》やないんですか？　まさか!!　アイツ、何かやらかしたんですか!?」

途端《とたん》に、鬼の形相《ぎょうそう》になる。勝呂が慌《あわ》ててそれを否定した。

「いや、なにもあらへん。志摩《しま》は東京に残っとるし、俺らはコイツについて来ただけや」

「コイツ？」

柔造が片眉《かたまゆ》をひそめる。そして、二人の背後に下から二番目の弟の顔を見つけると、意外そうな顔になった。「なんや、お前、東京に行っとったんか」

「…………」

「まさか、坊に迷惑かけとらんやろうな？　なに黙っとんねん」

兄の目を見ず、むっつりと黙りこくる金造《きんぞう》の背中を勝呂が軽く叩《たた》く。

「ホラ、金造」

「……金造さん」

子猫丸もそっと促《うなが》す。

金造はすっと顔を上げると、「柔兄《じゅうにい》」と呼んだ。怖いほどに真剣な声で、子猫丸まで緊張してしまった。

金造がぐっと拳《こぶし》を握《にぎ》りしめる。

「俺は必要ないんか？」

「ハァ？」

「俺は明陀《みょうだ》に必要のない男なんか？」

「ハアァ？　なんやねん、藪《やぶ》から棒《ぼう》に」柔造が心底《しんそこ》、不思議そうな顔をする。「そういや、お前。あん時も妙《みょう》なことほざいて、飛び出して行きよったな？　ホンマ、どないしたんや？　まだ思春期拗《こじ》らせとんのか？」

見当違いな兄の言葉に、金造が堪《たま》りかねたように叫んだ。

「柔兄が——柔兄が、言うとったんやないか!!　俺、聞いたんやで!?　柳葉魚《ししゃも》や熊谷《くまがい》のオッサンとしゃべっとんの……俺は、明陀にいらんて——」

「ん？　なに言うとるんや。そないなこと——あ……あー、そのことかいな」

怪訝《けげん》そうな顔をしていた柔造が、ようやく合点がいったとばかりにポンと手を叩いた。

一転して晴れやかな顔になると、

「それやったら、交換留学生の話やで」

「!?」

子猫丸が勝呂と顔を見合わせる。

「交換……」

「留学生？」

「はい」と、柔造が爽やかに肯《うなず》く。「正十字騎士團《せいじゅうじきしだん》の支部間で、交流や連携を促すためのもんらしいんですが、うちにも何個か話がきとって、この金造にはイラン支部から誘いがあったんです。他支部の戦い方を間近で見られるいいチャンスやし、戦術の勉強にもなるとも思うたんですが、今、コイツに抜けられたら警邏《けいら》二番隊に大打撃やから、俺は反対しとるんです」

そう言うと、金造のほうを見やった。真《ま》っ直《す》ぐな眼差《まなざ》しを弟へ向ける。

「せやけど、決めるんはお前自身や。お前が行きたい言うんやったら、俺は止めん。行って、いろんなもんに触《さわ》れ。いっぱい学んでこい」

「…………」

兄の穏《おだ》やかな笑《え》みに、金造が震える声で「………………柔兄」とつぶやいた。

「なんや？」

「……信じとった……信じとったでえええええええええええええ！！！！！！！」

いきなり元気になった金造がバンド仕込《じこ》みの大声で叫ぶ。鼓膜《こまく》が破れんばかりの大音声《だいおんじょう》に、子猫丸と勝呂がさっと両手で耳を覆《おお》った。

「そうや、俺が明陀におらんでどないすんねん⁉　京都の町はこの金造様が守ったるわ！！！！！！！！！　ガハハハハ！！！！！」

現金なもので、すっかり普段《ふだん》の調子に戻った金造が、團服《だんふく》に着替える手間すら惜《お》しみ、私服のまま錫杖《キリク》を片手に飛び出していく。

まるで嵐のようなその勢いに、運悪く通りかかった青《あお》が突き飛ばされ、「ヒッ!?」と叫んだ。「なんなんや、あのお申《さる》……」

眉《まゆ》をひそめた彼女は、呆然《ぼうぜん》と立ち尽くす勝呂らに気づくと、

「――竜士様《りゅうじ》。お戻りになられとったんですか？　今、志摩のバカ申が雄たけびをあげて笑いながら走り去っていったんですけど、なんぞあったんですか？」

気味悪そうに尋ねてきた。

「…………ホンマ、なんやったんやろうな」勝呂が遠い目をしてつぶやく。「俺にもわからへんわ」

子猫丸も、今までの心配はなんだったのだろう、と両の肩を落とした。

そんななか、

「ホンマ、アイツはドアホやな」

柔造一人が呑気《のんき》に笑う。

子猫丸はふと、兄弟喧嘩は二の膳よりご馳走《ちそう》、ということわざを思い出した。鴨《かも》の味、とも言う。

（まあ、柔造さん的には、喧嘩にすらなってなかったわけやけど……）

友の言う通り、放っておくのが一番だったのかもしれない……。


その後、出て行った時と同じように騒々《そうぞう》しく戻ってきた金造《きんぞう》が、『このたびは坊《ぼん》の御手を煩《わずら》わせてしまって……』と、何十回も詫《わ》び、『せめてもの罪滅ぼしに、受け取ってください……!!』と、山のようなお土産《みやげ》を持たせてくれた。

八《や》ッ橋《はし》に阿《あ》闍梨《じゃり》餅《もち》、鯖《さば》寿司、京菓子《きょうがし》から漬物《つけもの》まで——。

東京《とうきょう》へ向かう電車の中で、雪崩《なだれ》を起こしかけている土産ものの山を前に、勝呂《すぐろ》が眉《まゆ》をひそめる。

「こない持たされても、正直、食いきれんな」

「奥村《おくむら》くんとか杜山《もりやま》さんとか……皆《みんな》に声かけてみましょか。きっと、喜びますよ」

「せやな」

勝呂が眉間《みけん》のしわを解《と》く。

子猫丸《こねこまる》が携帯のメールで皆《みんな》に連絡を取りつつ、

「奥村先生が参加してたコウカ云々《うんぬん》って、交換留学生の会議のことやったんですね」

と言うと、勝呂が再び苦《にが》い顔になった。

「奥村がちゃんと覚えとれば——いや、覚えてたかて、そこから連想できたかはわからんけどな」

それからしばらくは、お互いに黙って電車に揺られていた。

メールを送り終えた子猫丸が、ふーっとため息をもらす。

「どないした？　子猫。くたびれたんか？」

「いえ……結局、志摩《しま》さんが一番、金造さんのことも、柔造《じゅうぞう》さんのこともわかってたんやな、て思って……」

「ああ、イラン人云々の件か」

勝呂が片目を眇《すが》める。「確かに。当たらずとも、遠からずやったな」

——そんなことで悩んどったんか。そんなん絶対、聞き間違いやて。腹減って耳が遠くなっとったんとちゃう？

——どーせ、『アイツはイラン人っぽい顔しとる』とか、『アイツはイランイランの花が好きやったな』とか、そんなことやて。ぐちぐち悩むだけアホらしいわ。あー、アホらし。

　あの時は、実の兄があそこまで落ちこんでいるのに、なんて薄情な人やと、呆《あき》れるのを通り越して腹立たしくすらあった。——だが、結局のところ、彼は他の誰よりも両名の性質を理解していたのだ。

「……やっぱり、ホンマの兄弟にはかないませんね」

　少しだけ淋《さび》しい気持ちで笑うと、

「阿呆《あほう》」

　勝呂の指に額《ひたい》を弾かれる。

「！　痛っ!?」

「——俺は、お前も志摩もホンマの兄弟やと思うとる。そもそも、明陀《みようだ》は皆《みんな》、家族や。違うんか」

「…………………はい」

　少しだけ泣きそうな思いで肯《うなず》く。照れ臭いのか勝呂はそっぽを向いている。

　子猫丸は胸の奥に温かい火のようなものが灯《とも》るのを感じた。

（……僕は、ホンマに幸せもんやな）

血が繋《つな》がらなくても、兄弟がいる。

血が繋がっていなくても、大切な家族がある。

帰るべき場所がある。

守りたいものがある。


(前に、奥村くんが言うてくれた通りや……)

そう思い、照れ臭くなる。

東京に戻ったら、志摩にイラン支部の件を話してやろう。

それみたことかと笑うだろうか？

「今度は、三人で帰りましょうね。東京の美味《おい》しいもんでも持って、もっとゆっくり」

「…………そうやな」

勝呂がつぶやくように答えた声が、電車の走行音に掻《か》き消《け》されていく。

子猫丸は列車の揺れに身を任《まか》せながら、ひどく幸せな気分で車窓《しやそう》を眺《なが》めた——。

ユキオ・イン・ワンダーランド

携帯のアラームが鳴っている。

（――起きなきゃ……）

そう思いながら、奥村雪男《おくむらゆきお》はベッドの上で寝返りを打った。

兄ではあるまいし、いくら休みだからといって、昼過ぎまで眠っているわけにはいかない。やるべきことは幾《いく》らでもある。

（えっと、今日は……確か、授業計画表がまだだったな。あと、この前の任務報告書も出さなきゃ……小テストの問題も作らないと……あ、領収書の精算《せいさん》もあったんだっけ。その後で時間があったら、高校のほうの課題にも手をつけなきゃ……そろそろヤバイ）

すし詰めになった予定を頭の中で整理しつつ、身を起こそうとするが、今日に限ってひどく眠たい。

まるで睡眠薬でも飲まされたかのように重い瞼《まぶた》と格闘していると、兄の声がした。

「ゆき……オーイ、ゆき……起きろよ」

（？　珍しいな。兄《にい》さんが、僕より先に起きているなんて）

雨が降らなければいいけど、と思いながら、目を瞑《つむ》ったまま欠伸《あくび》を噛《か》み殺す。どういうわけか、一向に目が覚めない。

そんな弟を、兄が大きく揺さぶってきた。

「ゆき……オイってば、今日はりゅう……たちとじょ…………の約束だろ？　早く……」

まだ脳が完全に起きていないのか、兄の声がひどく遠くで叫んでいるように聞こえる。ところどころよく聞き取れないうえに、虫の羽《は》音《おと》のような雑音がどうにも耳障《みみざわ》りだった。

それに、なんだか妙に声が高い。というか、か細い。

「……んー……どうしたの？　風邪《かぜ》でもひいた？」

やっとの思いで体を起こした雪男が、片目をこすりながら「――兄さん」と続けようとし、その場に凍《こお》りついた。

「…………」

「珍《めずら》しーな、お前が寝坊なんて。これは、アレだろ？　『猿《さる》も川に流れる』だな？」

こちらをのぞきこんでいた可《か》憐《れん》な少女が、あたかも兄の言いそうなことを口にすると、自慢げに笑った。

（――いや、川には流れない。それを言うなら、『猿も木から落ちる』だよ。兄さん。

『河童《かっぱ》の川流れ』と混ざってない？）

とりあえず、そんなツッコミが頭に浮かぶ。枕元に置いてあるはずのメガネを探し、耳にかけたが、目の前の少女が兄に変わることはなかった。

雪男はまじまじとその顔を見つめた。

目が大きく、顔が小さい。くせっ毛らしき黒髪は、ちょっと長めのショートカットぐらいだろうか――？　全体的に小柄な少女で、ピンクのフリルがついたパジャマの後ろから、真っ黒な尻尾《しっぽ》がふよふよと揺れている。

間違いなく、兄の尻尾だった。その事実に思わず鳥肌が立つ。

「…………兄さん、なに？　その……恰好《かっこう》は」

「はあ？　なんだよ。お前、寝惚《ねぼ》けてんの？」

少女が眉《まゆ》をひそめる。

「てか、なんだよ、兄さんって？」

「…………」

訝《いぶか》しげなその顔には、確かに兄の面影《おもかげ》があった。

「あのさぁ、前から思ってたけど、働きすぎだって、お前。毎日毎日、仕事持ち帰ってるし、飯《めし》もまともに食ってねえことあるだろ？　そんなんじゃ、おかしくなっちまうぜ？

姉《ねえ》ちゃん、お前が心配だよ」

たった数時間しか違わないで生まれたくせに、やたら兄貴風――いや、今は姉貴風か？――を吹かせるところも同じだった。

なにより、その尖《とが》った耳と尻尾が、雄弁に物語っている。

信じがたい。信じがたいが、目の前にいる少女は『兄』なのだ。

（……どういう、ことだ？）

雪男が無言で頭を抱《かか》える。

一体《いったい》全体、何がどうなれば、『兄さん』が『姉さん』になるというのか？

（まさか――）

思い当たることが一つだけ、ある。

前に、任務で女子寮に潜入するに当たって、塾生及び雪男が女装をしたことがあった。

フェレス卿《きょう》の指示ということもあり、やむを得ずだったはずだが……。

（あの時、兄さんはけっこう、ノリノリだった……）

明らかに男だとわかるゴッツイ女装を、しえみと出雲《いずも》に大爆笑されながらも、『俺、けっこー、可愛《かわい》くね？』と半《なか》ば本気で言っていた。あの時は、ほかに気がかりなことがあり、まるで気にしていなかったが――。

（あれがきっかけとなって、女性への憧《あこが》れが強まり、僕に内緒で手術に踏みきったのか……？）

ぞわりと震えた雪男が少女――いや、姉を見上げる。

恐ろしいことに胸があり、おぞましいことに腰のくびれがあった。雪男の背筋《せすじ》を冷たい汗が伝《つた》う。

（――いや、でもそれにしては、時間的におかしい）

昨日《きのう》までは確かに男だった。いくらなんでも、一晩で手術は完了しないだろう。

「兄……姉さん？　つかぬことを聞くけど――」

「にいねえさんって、なんだよ？　なんで疑問形なんだよ？」

「その胸は……本物？」

「はあ？」

恐る恐る尋ねる雪男に、姉が奇妙なものでも見るような目つきになって言った。「なに言ってんだよ？　本物に決まってんだろーが。ホラ、お前にもついてんだろ？　同じもんがさ」

「え…………」

次の瞬間、無造作《むぞうさ》に伸びてきた姉の右手が自分の何を鷲づかみにしたのか、雪男には理解できなかった。姉が口惜《くや》しそうにうめく。

「くそー、また一人だけデカくなりやがって」

「…………」

「コラ、ゆきこ！　ちっとばっかし巨乳だからって、えばってんじゃねーぞ。ぜってー、お前の胸《ソレ》を追いぬいてやるからな!!　よく見とけよ!!!」

手を放した姉が、今度はビシッと指を突きつけてくる。

数十秒後、姉の指先が自分の胸元を指《さ》していることに気づいた雪男は、恐る恐るその視線を下げた……。

そして――

「――っ！！！！！！！！！！！！！????????????????」

絶叫した。

「ゆ、ゆきこ!?　ど、どーしたんだよ!?　突然……」

狼狽《ろうばい》する姉をよそに、

（まさか……に、兄さんのみならず…………僕まで…………）

顔面蒼白《そうはく》になった雪男が、がくりとうなだれる。


殺風景だったはずの窓辺に、淡い色味のカーテンがかけられている。

まったく見覚えのないレースのカーテンが、風に吹かれふんわりと視界の隅《すみ》に舞う。その奥で、真っ黒な蝶《ちょう》がひらりと瞬《はばた》くのが、見えた気がした――。

†

「りゅうこたちと遊びに行く約束してんだろ？　忘れちゃったのか？」

「りゅうこって、誰!?」

「こねこがちょっと愛好会の用事で出てるらしーから、帰ってきたら女子会に出発な」

「女子会って、男が参加できるものなの!?」

「ホント、なに言ってんだ、お前。マジで変だぞ？」

挙動《きょどう》のおかしい『妹』を姉がズルズルと引きずってきた先は、正十字学園高等部女子《せいじゅうじがくえん》寮・新館だった。

「ええ〜？　ゆきちゃんセンセーが変ってぇ？　どーいうことぉ？」

甘ったるい砂糖菓子を舌の上で転《ころ》がすようにしゃべる彼女は、この部屋の主《ぬし》である志摩《しま》れん。

薄《う》っすらとピンクがかった茶髪《ちゃぱつ》のツインテールは、くるくるとカールし、頰《ほお》は淡《あわ》い薔薇《ばら》色。色白のなんとも愛らしい少女だが、脱《ぬ》ぎっぱなしの服や読みかけのファッション雑誌、食べかけのスナック菓子や、ダイエット器具の散乱したベッドの上に、平気で寝転がっている。

なにより信じられないのが、Tシャツの下に、何故《なぜ》か男もののトランクスを一枚穿《は》いただけの恰好《かっこう》で、どういうわけか、もこもこのレッグウォーマーを穿いている。暑いんだか寒いんだか、女なんだか男なんだか、わけのわからないファッションセンスだ。

「まあ、なんつーか、まんぺんなく？」

「それを言うなら、まんべんなくだろ？　に……姉《ねえ》さん」

「ホラ出た！　『に、姉さん』ってなんだよ？　なんで『に』って最初につくんだよ!?」

「確かに変やわぁ。しゃべり方が、ゆきちゃんセンセーっぽくない言うか、男の子みたい

やん」

すかさず突っこむ姉に、れんが同意する。ヘラヘラしているわりに、存外《ぞんがい》に鋭《するど》い。

雪男《ゆきお》が忌々《いまいま》しい思いで、

「君のほうがよっぽど変ですよ。志摩く——いや、志摩さん」

「えー、なにぃ？　どこがぁ〜？」

「言いたいことは多々ありますが、とりあえずは、そのおいはぎに遭《あ》ったような恰好をどうにかしてください」

「アハハ。ホンマ、変やわぁ〜」

れんがケラケラと笑う。「おいはぎて。なにソレ？　ウケるぅ〜」

そんな友を「コラ、れん。やめや」とたしなめ、

「先生、なんやかやでお忙しいし、疲れてはるんやないですか？」

案じるようにそう言ってきたのは、勝呂《すぐろ》りゅうこである。

男性であった時と同じく、気合いの入りまくったツートンカラーのヘアが特徴の長身スレンダーな美女だが、何故か胸に『3年B組　勝呂』と書かれたあずき色のジャージ姿である。

中学校の名前らしき刺繍《ししゅう》があるので、おそらく、使わなくなった古いジャージを普段着《ふだんぎ》

にしているのだろう。

手首に輪ゴムを数個嵌《は》めているのが、妙に生活感がある……というか、ぶっちゃけ昭和のおばさん臭《くさ》い。

「少しは休んだほうがええですよ」

「ありがとうございます。勝呂……さん。ところで、差《さ》し支《つか》えなければ教えて頂きたいんですが……何故、中学の頃のジャージを着られているんですか？」

他のものの洗濯が間に合わなかったから――とか、そういった答えを期待する雪男に、りゅうこがこともなげに言う。

「そんなん、まだ全然着られるし、もったいないからに決まっとるやないですか。楽やし」

「誰にも見せるわけやないですしねぇ～。楽が一番」

と、れんが同調し、ふわぁ～と気《け》だるそうに欠伸《あくび》をした。「れんちゃん、男の子に会わないんやったら、一週間ぐらいお風呂に入らなくても平気やわぁ～」

「一週間はさすがにダメやろ」

りゅうこがたしなめる。

当たり前だ、と雪男が胸の中で何度も肯《うなず》いていると、

「まあ、二日ぐらいは髪洗わなくても平気やな」

（は……!?）

雪男がぎょっとその顔を見る。りゅうこは平然としている。

（どういうことだ……）

女の子といえば、やたらシャンプーの銘柄《めいがら》に詳しかったり、朝シャンをしていたせいで遅刻とかしてしまうような生きものではなかったか？　キャンディのような可愛《かわい》い入浴剤を友達同士でプレゼントし合ったり、半身浴でダイエットを試みたり、時に手作り石鹸《せっけん》を作ってみたり――。

それらすべては、男の幻想……？　夢？

（実際は、こうなのか？　まさか、しえみさんも……）

動揺する雪男に、姉が「どうしたんだ？　ゆきこ。お前、すげー変な顔してんぞ？」と無邪気《むじゃき》に笑う。「ギャハハハ。すげー、ぶさいく」

そんな姉の暴言に苛立《いらだ》つ余裕もなく、雪男が心の中で頭を振る。

（落ち着け……彼？　いや、彼女たちは元・男だ。規格外なんだ！　そうに違いない!!）

きっと普通の女の子は、毎日お風呂に入って髪を洗い、時には朝シャンに勤《いそ》しみ、家でも可愛らしいルームウェアを着て、部屋もキレイなはずだ。

こんな汚部屋《おべや》で、奇妙な恰好をし、不潔な会話に花を咲かせたり、断じてしない。

必死に己《おのれ》に言い聞かせていると、

「それにしても、この部屋、あちーな」

とぼやいた姉が、年代物の扇風機の前に陣取り、その上でスカートをバサバサし始めた。

「あー、涼しー。マジ、生き返るわー」

「な、なにやってんだ!? に……姉さん!!」

ぎょっとした雪男が姉の手をつかんでやめさせる。

「はしたない真似《まね》をするな!!」

「なんだよ、ゆきこ。オーバーだな。下に短パン穿いてっから平気だって。女子高とかじゃ、皆《みんな》やってるし」

「そういう問題じゃないだろう!!!」

また一つ、女子への夢を打ち砕かれた雪男が、姉を怒鳴《どな》りつけていると、

「――スミマセン、遅くなりましタ」

ハスキーな声と共に、扉が開いた。「用事ガ、思いのほか長引いテ……」

「おう、遅かったな。こねこ」

(三輪《みわ》くん?)

もう一人の部屋の主・三輪こねこが戻ってきたのだ。

咄嗟《とつさ》に、子猫丸《こねこまる》が女装した時の姿を思い浮かべるも――現れたのは……。

八頭身を越えるモデルのような長身に、グラマラスなボディ。そして、うつくしい金髪《ブロンド》を腰近くまで伸ばした、絶世《ぜっせい》の美女であった。それこそ、ハリウッド女優にいそうだ。


「てか、誰!?」

「三輪こねこデスガ……ゆきこ先生、どーしたデスカ?」


うつくしい顔を困惑気味《こんわくぎみ》に曇《くも》らせたこねこが、微妙な片言《かたこと》で尋ねてくる。

(くっ……これはさすがに想定外だ……)

ハーフ……なのだろうか?

もはや、以前の彼を思い出させるものは、メガネぐらいだ。

雪男ががっくりと床《ゆか》に両膝《ひざ》をつく。

(なんなんだ、この状況は……)

一体《いったい》自分は、皆は、どうなってしまったのか――?

痛む頭を抱《かか》える雪男を尻目に、

「んじゃ、まあ。こねこも帰ってきたし、行くか!」

と姉が明るく言う。

――次の瞬間、

「ちょい、待ちゃ！」「あーん、十分。十分だけ待っといてやぁ～」

りゅうことれんの声が合わさった。

こちらが答える前に、バタバタと出かける支《し》度《たく》をし始める。

（どうして、さっきまでの時間でやらなかったんだ？　何故、支度もしてないのにグダグダしゃべってたんだ？）

雪男が呆然《ぼうぜん》と二人を見やる。櫛《くし》はどこだとか、ニーソックスの片方がないとか、お気に入りのバッグに染《し》みがついてるとか――ぎゃあぎゃあやっているうちに、すぐに十分が経過。その後は、

「あと、五分」「あと、十分。十分」「五分だけ」「六分!!」「四分でええから！」「三分!!」

と際限なく時間が追加されていく。

（なんなんだ、一体……それなら最初から準備にかかるだけの充分な時間を言えばいいだろう？　どうして小刻《こきざ》みに申告するんだ!?　だいたい志摩くんはわかるとして、あの真面《まじ》目《め》で細かい、キレイ好きの勝呂くんはどこへいってしまったんだ……!!）

イライラする雪男の横で、姉とこねこはこういった状況に慣れているのか、ことさら苛立ちもしなければ、急《せ》かしもせず、

「なー、こねこ。正十字スイーツ堂のシアワセバイキンって知ってるか？」

「ええ、知ってマス。でも、バイキンないデス。バイキングデス。正十字スイーツ堂、バイキングのメニューに、ホールケーキもあるのガ人気デスよネ」

「そーそー。それで、今日、買いものの後で寄ろうと思ってさ」

「Ｏｈ！　それは素敵《すてき》デース！」

「な？　だろ？　あそこ、チョコタワーあんだぜ？　俺、絶対マシュマロつけようっと」

「ウフフ。楽しみデスネ」

女子トーク（？）で盛り上がっている。

結局、支度を終えた二人を待って出発できたのは、それから一時間半後のことだった……。

✝

「あー、それ、私が先に取ったのよっ!?」

「ちょっと、アンタ、どきなさいよ！　いつまで見てんのよ!?」

「他人の見てるもの横から盗《と》らないでくれます？　どんだけ図々《ずうずう》しいのかしら」

「アラ、それいいわね。これと替えてよ」

「キープは三個までって言われてんでしょ？　アンタ、何個持ってんよの!?」

「痛っ!!　アタシの足踏《ふ》んだの誰よ!?」

「ちょっとお!!　押さないでよっ!!」

「それ、アタシが先に目ェつけてたのよ！　譲《ゆず》りなさいよ!!」

「はあ!?　なに言ってんの!?　頭おかしいんじゃないの？」

「姉《ねえ》さん……ここは、戦場か？」

「バーゲンだよ」

一瞬でも手を放せば、無数の手が伸びてきて品物を奪われる。手を放さなくとも、力任《まか》せに奪い取られる。

あたかも屍肉《しにく》を漁《あさ》るハゲタカのような女性客に圧倒された雪男《ゆきお》が、ダラダラと冷《ひ》や汗《あせ》を垂《た》らす——そのとなりで、

「まあ、バーゲンは女の戦場っちゃ戦場だけどな」

無駄《むだ》に恰好《かっこう》をつけてそう言うと、姉もハゲタカの群れに飛びこんでいった。「あ、それ俺がもらい!!」「…………」

純粋な力の強さで言えば、人類を遥かに凌駕《りょうが》するはず（悪魔だから）の姉が、胸に大きな虎《とら》が描《か》かれたTシャツを着たオバちゃんと、必死に薄手のパーカーを取り合っている。しかも、最後には「あっ!?」と彼方《かなた》を指さしたオバちゃんにつられ、力が緩《ゆる》んだ隙《すき》に、まんまと奪い取られてしまった。

「くそっ!! 卑怯《ひきょう》だぞ!?」

姉が地団駄《じだんだ》を踏んでいるのが見える。

「卑怯もクソもあるか。バーゲンはね、命がけなんだよ」

「畜生《ちくしょう》!! 次は絶対、俺が勝ってやるからな!」

「ハン。返《かえ》り討《う》ちにしてやるよ」

盛大に口惜《くや》しがる姉を、虎柄プリントのオバちゃんがせせら笑う。

（なんなんだ……なんなんだ、この茶番《ちゃばん》は!? しかも、オバちゃん強すぎるだろう。あの兄さんに勝つとか、本当に人間なのか？ まさか、悪魔じゃ――）

雪男は再び、頭が痛くなってくるのを感じた。

広いフロアを埋《う》め尽《つ》くすのは、ほぼ女性である。わずかにいる男性は（おそらく、無理やり連れてこられた夫ないし彼氏だろう）皆、フロアの隅《すみ》にあるベンチに腰かけ、死んだ魚のような目で煙草《たばこ》を吸っているか、山のような荷物に埋《う》もれ、無心に携帯を弄《いじ》っている。

その姿になんとも言えぬ哀愁と、胸が軋《きし》むような切《せつ》なさを感じるのは、自分が男だからだろうか――？

「あー、またっ!!　それ、俺が先に取ったヤツじゃねーか!!」

「弱内強食さ」

姉と虎柄オバちゃんの攻防《こうぼう》はまだ続いているようだ。今度は、タータンチェックのミニスカートを取られたらしい。

「だいたいオバちゃん、それ着れねーだろ!?　明らかにサイズ小さいじゃん!!」

「フン。ネットで転売すんだよ」

「あ、あそこ超人気イケメン俳優のNが……!!」

「なんだって!?」

「うっそぴょん!　やった、取りぃ～!!」

「よくも騙《だま》してくれたね!!」

「騙したもクソもねーだろ？　バーゲンは命がけなんだろ？」

(み……醜《みにく》い……)

心底《しんそこ》、うんざりした。

まあ——百歩譲って、あの強そうなオバちゃんならば、まだわかる。

だが、腰が海老《えび》のように曲がった老女や、見るからに可憐《かれん》な少女、ＯＬふうの清楚《せいそ》な女性までもが、鬼のような形相《ぎょうそう》でセール品を奪い合う様《さま》に嫌気《いやけ》がさした雪男が、じりじりとハゲタカの群れから後退する。

なぜか商品の入っていない空《から》のワゴンの前で、はあ、と重たいため息を吐《つ》いていると、どこから入ってきたのか、一匹の蝶《ちょう》がワゴンのまわりをひらひらと飛びまわっている。

その光景に心を和《なご》ませていると、店員の一人が、ひときわ大きな段ボール箱を持ってやってきた。

嫌な予感がした。

だが、雪男がその場を離れるより早く、店員がワゴンに段ボールの中身をぶちまけた。

さらにプライスダウンされた目玉品がワゴンに山盛りになる。

直後、殺気立った女性客が、いっせいに押し寄せてきた。

「ちょ……ちょっと、待ってくだ——」

雪男は懸命《けんめい》に両手を振って、その大軍を押し留《とど》めようとしたが……。

暴走するヌーを止めるほうが、まだ安全だったかもしれない——。


「……なんとか、生きてるよ。姉《ねえ》さん」

「大丈夫か？　ゆきこ」

戦利品を大事そうに胸に抱《かか》えた姉が、歩道を歩きながら心配そうに尋ねてくる。雪男は死んだ魚のような目でそれに答えた。

——あの後、殺気《さつき》立った女性客たちに揉《も》みくちゃにされた雪男は、半《なか》ば這《は》うようにしてその場を離れたが、髪はぐしゃぐしゃ、服はズタボロ……まさに満身創痍《まんしんそうい》といった状態だった。

祓魔師《エクソシスト》の任務でも、これほどボロ雑巾《ぞうきん》のようになることは稀《まれ》だ。

しかも、姉は『ゆきこ、大丈夫か!?』と駆けつけてきたものの、妹が無事だとわかると、再び、あのオバちゃんとの闘《たたか》いに赴《おもむ》いてしまった。

りゅうこ、れん、こねこに至《いた》っては、バーゲン品の争奪に夢中で雪男の災難に気づいてすらいない。

（…………しょせん、姉妹愛や女の友情なんて、そんなものか）

そんなことを自然に考えかけ、

（はっ!? 僕は、今、なにを考えていたんだ……？）

ゾッとする。

女の友情？ 姉妹愛!?

己《おのれ》の思考回路が信じられず押し黙る雪男を、バーゲンで欲しいものが手に入らなかったせいだと思ったのだろう、

「なぁ、ゆきちゃんセンセー。これあげるわ」

と、れんがトコトコ近寄ってきた。その手にはフリルとリボンがふんだんについた真っ白なキャミソールが握《にぎ》られている。思わず、雪男が後退《あとじさ》った。

「いえ、悪いですよ――」

「ええのん。なんかなぁ？ 気づいたらキャミソールばっかり六枚も買っててん。ええから、もらってぇや。な？」

「六枚も……ですか？」

安いとはいえ、どうしてそんなに同じものばかり買うのかと尋ねると、れんが「えーっ？」と可愛《かわい》らしく小首を傾《かし》げて見せた。

「見てるうちに、色違いとか柄《がら》違いとかぁ、どれもこれも欲しくなっちゃうんですわぁ〜。頭に血ィ上《のぼ》ってるせいか、気づいたらそればっか買ってたりとかぁ〜、なんか、いろいろ入れてったつもりなのに、同じ系統のものしか入ってなかったりとかぁ〜？　いらないものまでいっぱい買っちゃったりとかぁ〜？　よくありません？」

「残念ですが、まったく、ありません」

断言する雪男に「またまたぁ〜」と、れんが爆笑する。何故《なぜ》そこで爆笑なのか全然理解できない。

すると、

「私もついTシャツばっかり五枚も買《こ》うてもうたんで、よかったら」

「私も、五本指靴下ばかり十コも買てしまいまシタ。よかったラ、貰《もら》てクダサイ」

りゅうことこねこも差し出してくる。

（どうして、そろいもそろって同じものばかり買うんだ？　あれだけの時間をかけて何も考えてないのか!?　アホなのか？　志摩《しま》くんばかりでなく、三輪《みわ》くんや勝呂《すぐろ》くんまで……）

雪男が嘆《なげ》かわしさに頭を抱《かか》えていると、

「あー、ここだ。ここ」

姉の足が止まった。

その先に、白ベースの可愛らしい店舗が見えた。窓から見える店内は、オレンジ色の照明が設置されていて、全体的にやわらかい雰囲気だ。

その外観から、単純にアクセサリーか何かのお店だろうと思ったが、姉の背中越しにその店内をのぞき、青ざめた。


――ランジェリーショップ・ミナミセイジュウジ。つまり、下着屋である。


「…………」

「さ、入ろうぜ?」

「――っ!! 僕は、遠慮します!! では!!」

反射的に逃げだそうとした雪男の腕を、姉がガシッとつかんだ。「はあ? なに言ってんだよ、ゆきこ。お前が昨日《きのう》、南十字《みなみじゅうじ》に行くなら、ここに寄りたいって言ったんだろ?」

「は!? 僕が!? 冗談だろ!?」

「冗談って……お前なあ。ホラ、なんつったっけ? カーター? え? 違う? ああ、ボウリングのガーターか。そうそう。そのガーターベルトとかいうのを買いたいんだろ？　前から言ってたじゃん。お前。戦闘の時にニーソックスが落ちてくるのがイヤだから、黒タイツ穿いてっけど、アレがあったらニーソックスでもいいかな、とかなんとかさ」

「…………」

ショックのあまり固まってしまった雪男を、姉が「さ、行くぞ」と半《なか》ば強引《ごういん》に引《ひ》き摺《ず》って店に入っていこうとする。我に返った雪男が、

「姉さん!!　僕が入ったら犯罪だから!!」

必死の抵抗を試《こころ》みるも、

「お前、本当に変だぞ？　何がどう犯罪なんだよ？」

妙な顔をした姉は相手にせず、

「ホラホラ、後がつかえてますよぉ～？」

姉に手を引かれ、れんに背中を押される形で店内に足を踏み入れる。

「あ、アレ、可愛いぃ～♥　れんちゃん似合いそぉ～」

「ほお。これも、ええな。シックな色が好みやわ」

「これも素敵《すてき》デスよ、お嬢。どですカ？　ゆきこ先生。お嬢に似合いマス？」

「これもいいじゃん。なー。どうだ？　ゆきこ」

（本気で、勘弁してくれ……）

目のやり場に困った雪男が、ぎゅっと瞑目《めいもく》していると、

「あれぇ～？　ゆきちゃんセンセー、また大きくなってへん？」

そうつぶやいたれんが、背後から雪男の胸を両手のひらで、ひょいと持ち上げる。

「これは……Dいや、E？」

「マジか!?　やっぱり、またデカくなったんだな!?　クソ～……同じもん食べてるはずなのに、どーしてだよ!?」

「!?　!?　志摩さん！　やめてください……っ!!　姉さんも、なに普通に口惜《くや》しがってるんだ!?　早く、これ!!　この痴女《ちじょ》、引きはがしてっっ!!」

「なに女同士で、恥ずかしがってるんですかぁ～。もう。ゆきちゃんセンセーってホンマ、可愛いわぁ～。れんちゃん、キュンキュンしちゃう」

「なあ、ゆきこ。お前、俺の作ってるもんの他に、何か隠れて食ってるんじゃねえか？　鶏肉《とりにく》のささみとか、牛乳とか、チーズとか……それとも、すげー肉、寄せてんのか!?　上げ底ブラか!?」

「いや、これは寄せて上げてる感触やないでぇ～、りんちゃん。それに、たぶんやけどパット入ってへん、おそらく実力の弾力や……」

「!?　やめてください！　志摩さん!!」

「揉《も》んでみりゃ、硬《かた》さでわかるんじゃね？」

「!!　やめろ!!　このバカ共!!」


キレた雪男が一喝《いっかつ》し、どうにか解放されたものの——その後も、スイーツバイキングで、鬼神《きじん》の如《ごと》き食欲を見せつつ、『どうやったら痩《や》せられるか』を真剣に論ずる不毛《ふもう》さや（『じゃあ、今、それを食うな!!』『絶食しろ!!』と幾度《いくど》となく叫びたくなったことは、言うまでもない……）、効率のよい脱毛方法など、決して知りたくない情報にげんなりする。

挙句《あげく》、あれだけ甘いものを食べたというのに、しばらくすると、

「なんか、しゃべってたら腹減ってきた」

「でしたラ、この近くお店、スマホで検索シテみマース」

「たまにはしゃぶしゃぶもええな」

「イタリアンとかどないですう？　オシャレやしぃ〜」

「ゆきこ先生ハ、何、食べたいデースカ？　私、お寿司イイ思うデスが」

（お前ら、まだ食う気か!?）

そんな思いが顔に表れてしまったのだろう、

「甘いモンは別腹だろ？　これから、本番のメシをがっつりいくんだよ」

と姉が真顔で力説する。そして、

「なあ、どうせだから、そっちも食べ放題にしねえ？」

「!?」

「賛成～♥」

「おう。ええで」

「それはイイデース」

「じゃあ、決まりな」

「………………」

姉がにっこりと微笑《ほほえ》む。

これほど可愛らしさに欠《か》けた『甘いものは別腹』も珍しいだろう。

（……間違いない。これ以上ここにいたら、僕は女性不信になる）

それどころか、この先、女性を嫌悪《けんお》感なしで見られなくなってしまうかもしれない。

ゾッとした雪男は、姉たちがきゃっきゃと店を選んでいる隙《すき》に、脱兎《だつと》のごとくその場を逃げだしたのだった……。

「アレ、ゆきちゃん?」

「しえみさ——ん……?　それに、神木《かみき》さんも……」

✝

夕暮れ時の街を、姉たちと別れトボトボ歩いていた雪男《ゆきお》は、偶然、出くわした二人の少年に目を見張《みは》った。

長髪細身、キツイ顔立ちの少年と、和服姿で背の高い少年である。どちらも端正《たんせい》な顔立ちで、アイドルやモデルのように見えるせいか、道行く女性がさっきからチラチラとこちらを振り返っている。

二人は、それぞれ不可解そう——あるいは不思議そうに雪男を見やった。

「神木さん?」出雲《いずも》が片眉《かたまゆ》をひそめる。「いつもは、神木くんって呼んでませんでしたか?　別にどっちでもいいですけど」

「しえみ?」しえみが小首を傾《かし》げてみせる。「僕はしえただよ?　ゆきちゃん」

「あ、そ、そうですよね……す、すみません」

慌《あわ》てた雪男は曖昧《あいまい》に微笑《ほほえ》むと、

「神木くん、んに、しえ……たくん。今日はご一緒《いっしょ》にお出かけですか？」

内心の動揺を隠し、にこやかに尋ねる。無理に作った笑顔が引《ひ》きつっているのが、自分でもわかった。

「え？　そんな……一緒とかじゃ――」

白い頰《ほお》を赤くして両手を振るしえたの横で、

「まさか」と出雲が鼻を鳴らす。

「俺は本屋の帰りで、そこで偶然会っただけです」

確かに、その手には正十字《せいじゅうじ》ブックマートと書かれたビニールの袋が下げられている。

「僕は母さんに頼まれた買いものの途中なんだ。ゆきちゃんは？　今日はりんと一緒じゃないの？」

しえたが周囲を見まわす。

「いえ。さっきまで姉たちと正十字スイーツ堂にいたんですが……具合がよくないので、僕だけ先に帰ってきたんです」

雪男があたりさわりのない部分だけ説明する。まったくの嘘《うそ》というわけではなく、実際、頭も痛ければ、気分も悪かった。

「え？　ゆきちゃん、具合悪いの!?　だ、大丈夫？」

しえたが慌てたような顔で尋ねてくる。「何か飲む？　お水は？　そうだ！　僕、買ってくるよ!!」

いかにも、いてもたってもいられない、というふうなしえたに、自然と顔がほころんでしまう。

（ああ……やっぱり、しえみさんはしえみさんなんだな）

どこにいようと、どんな姿だろうと、この人の内面が変わることはないのだ。

その変わらぬやさしさに癒《いや》される思いで、雪男は走りだそうとするしえたを押《お》し留《とど》め、

「ありがとうございます。しえたくん」と頭を下げる。

「ゆきちゃん……」

「――でも、本当に大丈夫です。だいぶ、よくなりましたし、すぐに寮へ戻りますから」

そう言い、「じゃあ」と二人に別れを告げる。

しかし、

「――送りますよ」

ぼそりと言って、出雲が雪男の前に立った。一つに束《たば》ねた長い黒髪が、涼《すず》やかに風に靡《なび》いている。

「え？」

「具合の悪い女性を、一人では帰せないでしょう。夢見が悪い」

「神木……くん」

ひんやりとしたその眼差《まなざ》しとは裏腹に、気《き》遣《づか》うような声音《こわね》だった。

「そうだよ。ゆきちゃん、行こう」

しえたがごく自然に雪男の手首をつかんだ。「ゆきちゃんは、普《ふ》段《だん》から頑張《がんば》り屋さんすぎなんだから。ちょっとぐらい、まわりを頼《たよ》ってよ。ね？」

「…………」

その少し困ったようなやさしい笑顔に、雪男の胸がキュンと鳴る。

「……はい」

としおらしく答えかけ、はっとする。

（――今……僕、『ゆきこ』になりきってた？）

さあっと血の気が引いていく。

まさか、脳がすでにこの状況を受け入れつつあるというのだろうか？

（冗談じゃない!!）

ぞっとした雪男が、慌てて頭を振る。

一刻も早く、このおかしな世界から逃げださなければ……！

「ゆきちゃん？」

「奥村《おくむら》先生？　どうされたんですか？」

「――すみません。しえたくん、出雲くん」

しえたの手をやさしく除《の》けた雪男が、二人の少年に向け、頭を下げる。長い黒髪がさらりと肩から胸に落ちた。

「ちょっと大切な用事を思い出しましたので、僕はここで……。ありがとうございました。もう、大丈夫ですよ」

にっこりとそう言うと、両者に反論の余地《よち》を与えず、足早にその場を立ち去った。

夕暮れの街を足早に、正十字学園へと向かう。

代わる代わる声をかけてくる男たちを無視し、しきりに首筋《くびすじ》にまとわりついてくる黒い蝶《ちょう》を手で軽く払いながら、胸に強く誓った。

一刻も早く、ここから逃げだそう……と。

(これ以上は、危険だ)

この悪夢のような世界に飲みこまれ、抜け出せなくなってしまう。

そんな気がした。

✝

「――悪夢のようというか、悪夢そのものなんですよ」

他に助けを求めるあてもなく、雪男《ゆきお》が学園の最上部にあるヨハン・ファウスト邸《てい》を訪《おとず》れると、メフィスト・フェレスは至極《しごく》あっさり、そう告げた。

今までの経験から警戒していたような変化は、何故《なぜ》か彼にはなく、元のふざけた理事長のままだ。

「夢……だということですか？　これが？」

「ええ。夢です」

疑わしげな雪男の眼差《まなざ》しを真っ正面から受けたメフィストが、大仰《おおぎょう》に肯《うなず》いてみせる。

「ただ、貴方《あなた》がたが普段《ふだん》、夜寝る時に見る夢とは違います。悪魔の見せる夢です」

「悪魔の？」

雪男がメガネの奥で、片眉《まゆ》を寄せる。

メフィストは愉《たの》しげに「ええ」と肯いた。

「〝蟲《むし》の王〟ベルゼブブの眷属《けんぞく》に〝胡蝶《フーディエ》〟という悪魔がいましてね。一見、ただの蝶《ちょう》に見えるんですが、これが、困ったイタズラ好きでして……寄生した人間に悪夢を体感させ、相手の困惑や衝撃、嫌悪《けんお》や絶望などの負の感情を『餌《えさ》』とするんです」

「その胡蝶《フーディエ》が僕に寄生していると、そう言うんですか？」

尋ねながらも、目が覚《さ》めた時に聞いた羽音《はおと》や、行く先々で見かけた黒い蝶が脳裏《のうり》をよぎった。

（まさか、アレが……？）

困惑する雪男にメフィストが両目を細める。

「まあ、命まで取るわけではないですし、滅多《めった》にできない経験だと思って──」

「今すぐ、元の世界に戻る方法は？」

「おやおや……」

聞く耳持たずという顔で睨《にら》みつける雪男に、メフィストが嘆息《たんそく》する。「実に、簡単なことですよ。目を覚まさせてやればいい」

「…………」

それを聞いた雪男が、しばし躊躇《ためら》った後、自分の頬《ほお》をつねったり、瞼《まぶた》を持ち上げてみたり……と自分自身に刺激を加えた。

メフィストの両目が、糸のように細められる。

「あの～、念のために伺《うかが》いたいんですが、奥村先生。それは何をなさっていらっしゃるんですか？」

「え？　いえ、ですので、目を覚まそうと――」

雪男が戸惑《とまど》いがちに答えた瞬間、メフィストが盛大に「ぶーっ!!」と吹き出した。そのまま腹を抱《かか》えて笑い転《ころ》げる。

「な……っ!?」

「いや、失礼。そういうことではありません……悪魔の目を覚まさせてやれということですよ。ククク」

堪《こら》えきれぬように忍び笑いをもらすメフィストに、雪男がなんともいえない顔になる。

メフィストは鵺《ぬえ》のような嗤《わら》いをやめ、

「つまり、胡蝶《フーディエ》に無駄《むだ》だと思わせることです」

と助言した。「貴方はこの悪夢を悪夢だとは思っていない。むしろ、この状況を喜び、大いに堪能《たんのう》しているとします。胡蝶《フーディエ》は餌にありつけなくなるわけですから、新たな宿主を探すべく、貴方を解放するでしょう」

「この状況を堪能する？」

思わず顔が引《ひ》き攣《つ》る。

できるはずがない。

だが、このふざけた世界から抜け出すためには、やるしかないのだ。

ぐっと奥歯を噛《か》みしめ、覚悟を決める。

「具体的に、どうすれば……いいんですか？」

懸命《けんめい》に己《おのれ》を押し殺し教えを乞《こ》うと、メフィストが待ってましたとばかりに、抽斗《ひきだし》からスケッチブックを取り出した。

最初のページに、『SDE5』と大きく書いてある。雪男が片眉をひそめ、

「SDE5……？　システム・ディレクター……エンタープライズの略ですか？」

「いえ、ソング＆ダンス・エクソシストの略です」

「はい？」

「近日デビュー予定のアイドルグループ『歌って踊れる美少女エクソシストユニット』の名前ですよ♪　メンバーは、志摩《しま》れんさん、勝呂《すぐろ》りゅうこさん、三輪《みわ》こねこさん、奥村《おくむら》りんさん――そして、貴方です!!」

「…………」

「双子《ふたご》がいるのが我がＳＤＥの最大のウリです。あと、除霊《じょれい》もできちゃいますし。お経《きょう》や讃美歌《さんびか》への対応も可能です。あ、プロデューサーはもちろん、私・メフィストですので☆よろしく」

テヘっと可愛《かわい》らしく笑ってみせるメフィストに、

「謹《つつし》んでお断りいたします」

冷ややかに即答する。そんな雪男にメフィストがぴしゃりと言う。

「なら、このままずっと夢の中で過ごされるおつもりですか？」

「!!」

「胡蝶《フーディエ》を満腹にさせるという手もありますが、いかんせん胡蝶《フーディエ》は大喰《ぐ》らいですから、いつ満腹になるかもわかりません。それまで、この世界で耐えますか？　耐えられますか？　貴方に」

「…………」

雪男はぐっと言葉に詰まった。

口惜《くや》しいが、確かにそれは避けたい。『ゆきこ』に染まってしまうのだけは――。

背に腹は代えられない、と雪男が苦渋《くじゅう》の決断を下《くだ》す。

「――その『ＳＤＥ５』を結成すれば……確実に、ここから抜け出せるんですか？」

忌々《いまいま》しさに震える声で尋ねると、メフィストは満面の笑顔で「ええ」と肯いた。

そして、おもむろにスケッチブックをめくる。そこにはいかにもアイドルチックな可愛らしい衣装に身を包んだ雪男ら五人の――手描《てが》きと思《おぼ》しきイラストがあった。やけに上手《うま》いのが大変気持ち悪い。

「まずは地下アイドルから始め、絶大な支持を受けてメジャーに。最初は五人のスタートですが、徐々にメンバーを増やし、最大四十九人のグループになる予定です。貴方はそのリーダーとしてメンバーをまとめ、時にぶつかり合い、時に涙し、結束《けっそく》を強めます。握手会でファンとの絆《きずな》を深め、シングルCDを売りさばき、総選挙で最大のライバルである双子の姉を降《くだ》して、見事首位に立った貴方が、涙ながらに皆に感謝の言葉を述べたところで、無事、元の世界に戻れるでしょう」

「…………。因《ちな》みに……それは何日ぐらいかかるんですか？」

「うーん、ざっと、五年ですかね？」


「**長すぎるだろ!!**」

怒《いか》りのあまり執務机を叩く雪男に、メフィストが大袈裟《おおげさ》に驚いてみせる。

「女性に向かって怒鳴《どな》るとは、感心しませんね。奥村先生。カルシウムが足《た》りてないんじゃないですか?」

「くっ……すみません……僕としたことが、冷静さを欠《か》いていました——というか、どこに女性がいるんですか?」

「なにを言ってるんですか。目の前にいるでしょうが」

「は?」嘆かわしげにため息を吐《つ》くメフィストを、両目を見開いた雪男がまじまじと見つめる。

「——すみません。僕には、以前となんら変わっていないようにしか、見えないのですが」

「なにを言っているんですか。奥村先生ともあろう方が。ちゃんと変わってるじゃないですか。ホラ」

と、メフィストが顎《あご》を撫《な》でる。

確かに、そこには髭《ひげ》がなかった。雪男が遠い目になる。

「………髭がないと、女性なんですか?」

「もともと、悪魔に性別など大した意味を持ちませんから。器を変えれば、どんな姿にもなれる——まあ、私のことはどうでもいいんです。それより、今は胡蝶《フーディエ》をどうするかでは

ないですか？」

いきなりまっとうなことを言いだすメフィストに、雪男が露骨《ろこつ》に顔をしかめつつも、

「……はい」と肯く。メフィストはスケッチブックを机に置くと、ゆったりと背もたれに寄りかかった。

「SDE5の件はひとまず措《お》いておくとして、手っ取り早く女の人生の歓《よろこ》びを享受《きょうじゅ》する方法を考えるとなると――」

目を細めてそうつぶやく。雪男が真剣な顔で、身を乗り出す。

その姿を愉《たの》しげに眺《なが》めていたメフィストが、ポンと手を叩いた。

「今日から、高級クラブ『ファウスト』で働いてください」

「はあ!?」

「源氏名《げんじな》は、そうですねぇ……本名のゆきこをもじって『ユッキー』にしましょう。そこでナンバーワンキャバ嬢《じょう》を目指《めざ》してください」

「…………」

「私がつきっきりで接客のノウハウをお教えしますから、貴方の容姿なら、三か月――いや、二か月でナンバーワンになれるでしょう。なあに、夢から覚めた時は、元の時間からほんの二分程度しか経《た》っていませんから、心配はいりませんよ。浦島太郎《うらしまたろう》のようなことに

はなりませんから」

　メフィストが笑顔で告げる。

　雪男がその場に固まったまま動けずにいると、パチンと指を鳴らし、一眼《いちがん》レフカメラを構えた。

「とりあえず、キャスト写真を撮《と》りましょう。そうですねぇ……せっかくの巨乳を使わない手はありません。胸の谷間を強調させる感じで、両手を頬《ほお》に当て、頬杖をつくようなポーズで一枚いきましょうか？」

　ファインダーをこちらに向けられ、本能的にじりじりと後退《あとじさ》る。

　椅子《いす》から立ち上がったメフィストが、逆にじりじりと間合いを詰めてくる。

「ホラホラ、表情が固いですよ？　笑顔、笑顔」

「…………」

「ふむ……奥村先生はどうにもお堅《かた》すぎて、色気に欠ける優等生タイプですから、ギャップ萌《も》えを狙《ねら》って、胸元はもっと大胆に開《あ》けたほうがいいですな。――ああ、バストアップの後は全身でいきますので。そうですねえ、女豹《めひょう》のポーズなんていかがでしょう？」

「!?」

「さあ、撮りますよ。笑って、もっとにっこり。とびきりの笑顔で!!　さあ!!　お客様か

ら金と指名をもぎ取るつもりで!!」

「――……いや…………僕は」

「コラコラ。顔がぎこちない。もっと可愛く、もっと色っぽく、もっと小悪魔的に!! そうじゃないでしょう!? それじゃあ、学生の証明写真だ。そんなことで、ナンバーワンになれると思ってるんですか!?」


「――っ!!!!!! 誰がなるかっ!!!!!!」


ついに我慢の限界を超えた雪男が、そう怒鳴った瞬間――世界が暗転《あんてん》した。

真っ暗な闇に紛《まぎ》れるように、あの黒い蝶《ちょう》が瞬《はばた》いた気がした……。

✝

闇の中にたゆたいながら、何度も繰り返す。

『ゆきこ』はもういい。

女の世界なんてこりごりだ。

僕にはやはり、男が合っているんだ。

一刻も早く、男に戻りたい……。

男らしい兄《にい》さんに、皆に会いたい。僕が本来いるべき、あの場所に戻りたい。

そうしたら、僕は……此《こ》の世《よ》の誰よりも、男らしくあろう。

僕は男だ――。男なんだ。

✝

「ゆき……オーイ、ゆき……起きろよ」

兄の声がした。

やはり、遠くで叫んでいるような声だが、今度は間違いなく兄の声だ。

「ゆき……オイってば……ゆき…………」

「うー……ん……」

重たい瞼《まぶた》を必死に持ち上げる。

まず目に入ってきたのは、まぶしい朝日と、懐《なつ》かしい兄の顔だった。姉《ねえ》さんではなく、兄《にい》さんだ。

（元に、戻れたのか……？　でも、どうして）

自問するうち、おそらく、最後の怒濤《どとう》のストレスで胡蝶《フーディエ》が満腹になったのだろう、という結論にいきつく。ある意味、メフィストのお陰《かげ》と言えなくもない。

「遅《おせ》えぞ、雪男《ゆきお》。今日は、勝呂《すぐろ》たちと約束してんだろ？」

「よかった……兄さん、元に――」

笑顔でそう言いかけた雪男が、凍《こお》りつく。

果たして、兄の顔から下は、ボディビルダーも裸足《はだし》で逃げだすようなムキムキボディになっていたのである。

「まずはジム行って、それからプロテインバーで一息吐《ひといきつ》いて、またジムで体鍛《きた》えた後に、焼肉食い放題でタンパク質の補給だな!!」

「…………」

格闘家が着るような白い道着《どうぎ》（なぜか左右の肩から先が破れて存在しない）に包まれた兄の鋼《はがね》のような筋肉を――男らしい兄を、雪男は半《なか》ば呆然自失《ぼうぜんじしつ》の態《てい》で眺《なが》めた。

そんな彼の視界の隅《すみ》で、二羽に増えた胡蝶《フーディエ》がひらりひらりと愉《たの》しげに舞った――。

驟雨

雨が降っていた。

残暑らしからぬ冷たい雨をびっしょりと肩に浴びながら、女将《おかみ》が店の暖簾《のれん》を片づけていると、背後から声をかけられた。

「あのー……」

はあ、と振り返ると、雨の中、二十代半《なか》ばぐらいの男性が立っている。目が合うと、男は遠慮がちに尋ねてきた。

「暖簾を下ろしているということは、もう、おしまいですか？」

「いえ——」

本当は、客足も芳《かんば》しくないし、今日は早々に店じまいするつもりだった。

だが、男があまりに残念そうな声を出すので、つい「まだ、大丈夫ですよ」と答えてしまう。途端《とたん》に男の顔がぱあっと明るくなった。

「本当ですか？」

うれしそうに顔をくしゃりとさせる。それから、慌《あわ》てて「ありがとうございます」と礼を言った。

✝

琵琶湖《びわこ》の近くの商店街にある〝雪《ゆき》の里《さと》〟は、ごくごく小さな居酒屋だ。女将《おかみ》一人で切り盛りしているため、座席もカウンターの七席しかない。

出口から二つ目の席に腰を下ろした男は、お品書きに軽く目を通すと、青ネギのぬたにマグロのブツ、水茄子《なす》の漬物《つけもの》に小海老《こえび》のかき揚《あ》げ、そして日本酒を冷やで頼んだ。その後、メニューにざる蕎麦《そば》があることに気づくと、喜んでそれも頼んだ。

「うれしいなあ。私、蕎麦が大好物なんですよ。蕎麦と日本酒。最高ですよねぇ」

「まあ」

仕事の場でもないのに、若い男が自分を『私』というのは珍しい。よくよく観察すると、見るからに育ちのよさそうな男だった。

中肉中背。薄《う》っすらとそばかすの浮いた顔は幼く、学生のようにも見える。――が、おそらくは会社帰りなのだろう。ストライプのシャツを仕立《した》てのよいスーツに合わせ、細身

のトレンチコートを羽織《はお》ったその姿は、いかにも爽《さわ》やかな好青年だった。

「うちはねえ、もともと、蕎麦屋なんですよ」

「え？　そうなんですか？」

蕎麦打ちの名人だった主人が急逝《きゅうせい》し、店の経営が苦しくなったことで、酒を出す呑《の》み屋《や》に鞍替《くらが》えしたのだ。

そんなことを話しながら、熱いおしぼりを出す。男はいそいそと受け取ると、まず初めにそれで顔を拭《ふ》いた。ほお〜と長いため息を吐《つ》く。そして、女将の視線に気づくと、照れたように笑ってみせた。

「……いやあ、オヤジ臭《くさ》くてすみません。つい癖《くせ》で」

いいえ、と笑う。

お仕事帰りですか、と尋ねると青年は頭《かぶり》を振った。

「ちょうど仕事の合間で、気ままに一人旅を満喫中です」

おどけたように答える。全国津々浦々《つつうらうら》の日本酒を飲んでまわっているというから、優雅なことだ。

おそらくはいいとこの坊ちゃんで、両親や兄姉に可愛《かわい》がられ、なに不自由なく育ったのだろう。明るく屈託《くったく》のない性格や、明朗《めいろう》なしゃべり方は、誰からも好かれそうだ。

男は女将が出した肴《さかな》をキレイに平らげ、美味《うま》そうに酒を飲んだ。

とりわけ、亡《な》き夫直伝《じきでん》の蕎麦つゆを喜び、追加でもう一人前頼んだ。今度は、熱燗《あつかん》を注文する。

「いい店ですねえ。ここを見つけられてラッキーだったなあ」

「ふふ。ありがとうございます」

素直な賛辞に、商売っ気なしで女将が目尻を緩める。

引き戸の向こうの雨足が少し弱まったように思えた。

バケツをひっくり返したかのように強まったかと思うと、次の瞬間には弱まっている。

「驟雨《しゅうう》ですね」

「え……?」

「強まったかと思うと弱まって、弱まったかと思うと、また急に強まって――そんなことをしているうちにやみますよ」

人の一生と同じだ。

若い男はそう言うと、静かにお猪口《ちょこ》を傾けた。

その一瞬だけ、ひどく年老《お》いた男と話しているように錯覚した。

「お客さ――」

声をかけようとすると、ガラリと乱暴な音と共に玄関の引き戸が開いた。見るからに泥《でい》酔《すい》状態の男が三人、ずかずかと入りこんでくる。

「あー？　なんだよこのしけた店は……」

「この時間にガラガラじゃねーか。おいおい。大丈夫かよ？」

「んだよ。こんな店しかねーのかよ。チッ」

酔っ払って気が大きくなったのか、もともと柄《がら》が悪いのか、酔っ払いたちが口々に悪態《あくたい》を吐く。中の一人は、出口近くの椅子《いす》を蹴《け》ってみせた。ドン、と嫌《いや》な音が響く。

こんな店で悪かったわね、と思いつつも、

「お客様……他のお客様のご迷惑になりますので」

やんわり注意を促《うなが》す。

すると、三人が一斉《いっせい》に気色《けしき》ばんだ。

「はあああ？」

「他のお客様って誰だよ？　いるのはこの坊ちゃんだけじゃねーか」

「なあ、おたく、ご迷惑かかってんの？　ねえ？」

酔っ払いの一人が青年の肩に手を置く。「かかってねーよなぁ？　ボクちゃんはもうお家に帰るんだもんねぇー？」

ぎゃははと笑い、他の二人もそれに合わせる。

そこで、青年がすっと立ち上がった。

てっきり、逃げだすのだろうと思い、「ああ、お会計ですね？」と言ってレジに向かう。

しかし、青年は「いいえ」と頭《かぶり》を振ると、悠然《ゆうぜん》と男たちを見やった。

そして、あろうことか、

「――ここでは、お店に迷惑がかかりますし、外で話しませんか？」

そう言ってにっこり微笑《ほほえ》んだのだった……。

ひどくやわらかなはずの男の声音《こわね》が、どうしてか――外を濡らしている雨よりも冷たく感じられた。

†

どうなったのだろう……。

やっぱり無理やりにでも止めるべきだっただろうか？

あれからいくらも経《た》っていないが、なにせ、多勢《たぜい》に無勢《ぶぜい》だ。

今からでも警察に連絡すべきだろう。

それとも、となりの酒屋の主人と息子に仲裁《ちゅうさい》に入ってもらおうか……。

女将《おかみ》がやきもきしていると、からりと涼《すず》やかな音で引き戸が開いた。そこには、例の青年が立っていた。

「どうも、戻りました」

「ああ……!!」

と、思わず身を乗り出す。「お客さん!! 大丈夫でした!? アイツらに殴《なぐ》られたりとかしませんでした?」

「ええ、この通りピンピンしてます」

青年は屈託《くったく》なくそう答えると、なに食わぬ顔で元の席に戻り、何事もなかったように続きの蕎麦《そば》を食べ始めた。

女将は安堵《あんど》のあまり、ふうっと息を吐き出した。

「私は……てっきり、殴り合いにでもなってるかと」

「ははは。私は臆病者《おくびょうもの》の平和主義者ですから」

そう言って笑うと、男は蕎麦をつぅっと吸い上げた。至って落ち着いたその様子《ようす》からも、荒事《あらごと》があったとは思えない。

きっと、何かしら策を弄《ろう》して上手《うま》く矛《ほこ》を収《おさ》めてくれたのだろう。

女将はもう一度ため息をつくと、せめてものお礼にと、男のためにぬる燗《かん》を新しくつけ、出汁《だし》巻き玉子をサービスした。

学生のような若い男は、はにかんだ笑顔でそれを受け取った。

その日の客は彼で終わりだった。

雨はいつの間にか止《や》んでいた。

✝

それから、半月――。

女将《おかみ》が一人で開店の準備をしていると、正十字《せいじゅうじ》騎《き》士《し》團《だん》の團服《だんふく》を着た二人の祓魔師《エクソシスト》が店に入ってきた。

「申し訳ありません。まだ、準備中で……」

「いえ、本日は捜査の協力をしていただきに参りました」

角刈り頭の厳しい表情をした祓魔師《エクソシスト》がそう言うと、となりで待機していたうらなりのような若い祓魔師《エクソシスト》が、一枚の古びたスナップ写真を女将の目の前にかざした。

「この人物に見覚えは？」

「え――」

思わず、呼吸が止まった。

そこに写っているのは、あの雨の日に出会った青年によく似た男だった。

軍服のように厳《いかめ》しい團服を着ているせいか、あの明るく人懐《ひとなつ》っこい笑顔や雰囲気はなりをひそめ、むしろ陰鬱《いんうつ》な印象を受けた。カメラを向けられて無理やり浮かべたのだろう――押し殺したような笑《え》みが、気の毒でさえあった。

その歪《いびつ》な笑顔を見た瞬間、女将は咄嗟《とっさ》に、

「――ありません」

そう答えていた。角刈りが眉間《みけん》に深いしわを寄せる。

「本当ですか？　数日前この辺《あた》りで見かけたという目撃証言があったんですが……恐縮ですが、よく思い出していただけませんか？」

「何度聞かれても同じです。そんな方、見たこともありません」

何かに引っ張られるように答える。

何故《なぜ》、自分がそんなことを言っているのか不思議だった。落胆した様子の祓魔師《エクソシスト》を前に、心臓がバクバクと音を立てる。

ちょうど、若い祓魔師《エクソシスト》のいたところに、あの日、あの男が立っていたのだ。

「あの……」

絞《しぼ》り出《だ》すように声を出す。「その方は……何をしたんでしょうか?」

女将の問いに、二人の祓魔師《エクソシスト》は顔を見合わせると、

「詳《くわ》しくは言えませんが――」

若いほうが答えた。

「この男のしたことで、多くの人命が奪われるところでした」

「!!」

心臓が大きく跳《は》ねた。

その場でふらりとよろめきかけ、必死にそれを堪《こら》える。

二人組の祓魔師《エクソシスト》は、この男を見かけたらすぐに報《しら》せるようにと言い残し、コピーした顔写真を置いて去っていった。

多くの人の命が、あの男のせいで奪われるところだった？

あの人は一体《いったい》、何をしたのだろう？

なにより、自分はどうして『知らない』などと答えてしまったのか――。


今からでも遅くない。二人を追いかけて、本当は知っていると教えなければならない。

そうしなければ、大変なことになるかもしれない。

なのに、己《おのれ》の両足はまるで石のように固まって、動かなかった。

相変わらず、どくんどくんと大きな音を立て続ける心臓を抱《かか》え、受け取ったばかりの写真のコピーに視線を落とす。

美味《うま》そうに蕎麦《そば》を啜《すす》っていた明るい彼の姿が、この――どこか苦しげな男とどうしても重ならない。


どのくらい、そうしていただろう……。

気づけば、また雨が降っていた。

驟雨《しゅうう》を人の一生に喩《たと》えた青年。

彼の人生もまた、こんなふうに弱く、強く降りしきり、そしてぴたりと止《や》んでしまうの

だろうか――?

そんなことを考えるでもなく思いながら、為《な》す術《すべ》もなく、女将はただそこに立ち尽くした……。

あとがき

まずは、お手に取ってくださった皆さん、ありがとうございます！

約三年ぶりに小説4弾が実現して、とても嬉しいです！
第3弾発売前か後に、「小説四冊目がもし実現したら、カオスでふざけた内容でも面白いですね～」なんて事を担当編集さんを挟んでお話した記憶はあったのですが、実現した今、まさかここまで全力でカオスなラインナップになるとは思っておらず、相当笑いました。

久しぶりに青エクに関わっていただいたのに、キャラクターをちゃんと覚えてくださってて、大変ありがたかったです。そしてまさかのこのカオスラインナップをあったかくまとめあげる手腕はさすが矢島先生だな…と！（笑）

なので、今回の表紙は表題のエピソードの主人公（？）志摩を中心に、私も負けじとカオス感を大切に描いてみました！　挿絵も鉛筆ですが僅かながら描き下ろしております。小説を読む足しにしていただければ…！

矢島先生にはアニメ二期に併せて、この本だけでなく、たくさんお話を書き下ろしていただいてまして、本当にありがとうございます…！　そして担当の六郷さま、私の仕事が遅くて申し訳ありません！　兎にも角にも、お疲れさまでした‼

読んでくださった皆さんが楽しんでくださって、もしかして第5弾があり得るなら、とてもとても嬉しいです！

加藤和恵

この度は、『青の祓魔師』ノベライズ・第4弾を書かせていただき、ありがとうございました……！　再び、大好きな青エクの世界にどっぷり浸ることが出来、感無量です。

加藤先生、殺人的なスケジュールの中、素晴らしすぎるイラストをありがとうございました！　あまりの可愛さに本気で息が止まりました。しばらくの間、何も手につかず、パソコンの前をうろうろしてしまいました……。しかも、Twitterで拝見して以来、夢にまで見た性別転換ネタを快く許可していただいた上に、煩悩まみれの褌祭りまで書かせていただいて……!!　幸せすぎて倒れそうです。本当に、本当にありがとうございました。

細やかな心遣いと、鋭いツッコミ、そして熱い青エク愛を以って導いてくださった担当の六郷さま、いつ伺っても明るく楽しいj-BOOKS編集部の皆さま、エネルギッシュなのに爽やかなSQ.担当の林さま、ユニークすぎるチェックで和ませてくださった校正の北さま、そして、この本に携わってくださった沢山の方々、本当にありがとうございます。お世話になりました。

最後に、この本を読んでくださった皆さまに、心からの感謝を……！

ワクワクしながらマンガ本編を読み、ドキドキしながらアニメを観て——その延長線上で、この小説版も楽しんでいただけたら……と願っております。

矢島綾

■初出
青の祓魔師　スパイ・ゲーム　書き下ろし

[青の祓魔師] スパイ・ゲーム

2017年3月8日　第1刷発行
2023年12月30日　第2刷発行

著　者／加藤和恵 ◉ 矢島綾

編　集／株式会社　集英社インターナショナル
〒101-8050　東京都千代田区一ツ橋2-5-10
TEL　03-5211-2632(代)

装　丁／シマダヒデアキ ＋ 浅見大樹 [L.S.D.]

担当編集／六郷祐介

編集人／千葉佳余

発行者／瓶子吉久

発行所／株式会社　集英社
〒101-8050　東京都千代田区一ツ橋2-5-10
TEL　編集部：03-3230-6297
読者係：03-3230-6080
販売部：03-3230-6393（書店専用）

印刷所／TOPPAN株式会社

Printed in Japan　ISBN4-08-703414-1 C0093

JUMP j BOOKS：http://j-books.shueisha.co.jp/

本書のご意見・ご感想はこちらまで！

http://j-books.shueisha.co.jp/enquete/

スパイ・ゲーム

青の祓魔師

加藤和恵　矢島綾

SPY GAME